Balada para as meninas perdidas

Dados Internacionais de Catalogação na Publicação (CIP)
(Câmara Brasileira do Livro, SP, Brasil)

Leonel, Vange
  Balada para as meninas perdidas / Vange Leonel. - São Paulo :
Summus, 2003.

ISBN 85-86755-37-0

1. Lesbianismo 2. Romance brasileiro I. Título.

03-4576   CDD-869.93

Índice para catálogo sistemático:
1. Romances : Literatura brasileira   869.93

Compre em lugar de fotocopiar.
Cada real que você dá por um livro recompensa seus autores
e os convida a produzir mais sobre o tema;
incentiva seus editores a traduzir, encomendar e publicar
outras obras sobre o assunto;
e paga aos livreiros por estocar e levar até você livros
para a sua informação e o seu entretenimento.
Cada real que você dá pela fotocópia não autorizada de um livro
financia um crime
e ajuda a matar a produção intelectual.

Balada para as meninas perdidas

VANGE LEONEL

edições GLS

BALADA PARA AS MENINAS PERDIDAS
Copyright © 2003 by Vange Leonel
Direitos desta edição reservados por Summus Editorial

Projeto gráfico e capa: **BVDA – Brasil Verde**
Ilustração da capa: **Geraldo Gonçalves**
Editoração eletrônica: **Acqua Estúdio Gráfico**
Preparação de texto: **Camila Carletto**
Editora responsável: **Laura Bacellar**

Edições GLS
Rua Itapicuru, 613 7º andar
05006-000 São Paulo SP
Fone (11) 3862-3530
e-mail gls@edgls.com.br
http://www.edgls.com.br

Atendimento ao consumidor:
Summus Editorial
Fone (11) 3865-9890

Vendas por atacado:
Fone (11) 3873-8638
Fax (11) 3873-7085
e-mail vendas@summus.com.br

Impresso no Brasil

para Cilmara

A autora esclarece que todos os personagens deste livro são fictícios.
Qualquer semelhança é mera coincidência.

SUMÁRIO

Primeira Parte

1. Ray-ban — 11
2. Lelê e Belzinha — 15
3. Neverland — 23
4. Ray-ban — 34
5. Lelê — 37
6. Belzinha — 43
7. Neverland — 47
8. Ray-ban — 53
9. Lelê e Belzinha — 56
10. Neverland — 62
11. Ray-ban — 69
12. Belzinha — 74

Segunda parte

13. Ray-ban — 81
14. Lelê e Neverland — 91
15. Belzinha e Wendy — 98
16. Wendy — 107
17. Lelê — 111
18. Neverland — 117

Terceira parte

19. Wendy 133
20. Belzinha e Lelê 143
21. Wendy, Belzinha e Lelê 150
22. Yamurikumã 156
23. Wendy 160

Trilha sonora para balada 163

Sobre a autora 165

PRIMEIRA PARTE

1
Ray-ban

Ela colocou os óculos e se olhou no espelho. Havia tempos que não saía de casa, não dava uma banda, não ia para a balada; havia tempos que o tempo se acumulava e ela, um dia, se sentiu velha. Quando se deu conta, havia permanecido longos anos trancada em sua caverna, até que uma noite, aquela noite, cansada de se sentir velha, olhou-se no espelho para checar se a imagem de dentro combinava com a imagem de fora.

Ela não parecia tão envelhecida assim (quarenta anos naquele momento), considerando que sempre fora moleque, um jeito meio andrógino, pois volta e meia a confundiam com um garoto, e era tão sapeca que não era possível perceber suas quatro décadas no espelho. Estranho poder parar assim no tempo, pensou, ao ver que se vestia ainda feito garoto, começando pelas velhas botas Doc Martens, não as mesmas, mas o mesmo modelo daquelas que usava lá atrás, nos anos oitenta. Molecagens de menina são atemporais. Desde as dykes tatuadas que rondavam Dietrich até as riot grrrls de cuecas e coturnos dos anos noventa, as garotas iradas jamais envelhecem. Ela se olhava no espelho e não percebia o tempo acumulado: ainda usava calças largadas e camiseta de malha cortada para cavar o ombro com tatuagens à mostra, pois se antes marcara o corpo porque era outsider, agora lésbicas de toda espécie se tatuavam, como se pertencessem a uma tribo – e talvez pertencessem, mesmo, à das meninas perdidas, que nunca envelheciam.

Mas ela se sentia envelhecida e não sabia por que. Talvez porque tudo tivesse acontecido lenta e imperceptivelmente, como é lento e imperceptível o tempo, e depois de anos, havia se tocado de que por dentro estava com mais de oitenta, enquanto que por fora permanecia igual. Espelho, espelho meu, será que tenho a idade que você me deu? Ela duvidava do que via, porque vivia um luto estranho que não passava, uma espécie de solidão do mundo, e havia abrigado, durante anos, uma misantropia crônica que fazia com que se sentisse mais passada ainda – passada demais. O luto fora um resguardo para cuidar das feridas, o que havia sido bom, mas, com o tempo, foi se transformando em recusa, e por isso ela receava sair e sentir-se exposta, porque tinha a impressão de que velhas feridas nunca cicatrizavam o suficiente.

Alguns anos antes, havia resolvido que não poderia fazer nada, a não ser cuidar para que as feridas doessem o mínimo possível, como se isso fosse fácil, ou eficiente, pois uma dor mínima que dói por anos pode ser tão péssima como uma grande dor que é como uma pancada, mas não dura, a não ser na memória. Por outro lado, na memória todas as dores doem aleatória e assimetricamente: algumas exageradas, por serem lembradas ad nauseum, e outras apagadas, ela não sabia bem por que. Talvez pelo cansaço, pois aconteceu isso também: se cansou de estar distante e sentir-se só, alheia. Por isso, depois de se olhar no espelho, não acreditou no que via, pois era tão jovem e o luto não cabia mais, pensou que talvez fosse hora de sair para a rua, sair de casa, dar uma banda, ir para a balada e, quem sabe, pudesse preencher o vácuo que havia se instalado ao final daqueles anos, durante os quais o tempo fizera uma pausa.

Porque nem o vazio consegue durar tanto no tempo, e como por osmose, para preencher o vácuo, faz-se o amor, evoca-se o amor, como fizeram os filósofos embriagados no banquete, imaginando que se agora somos incompletos, antes éramos inteiros, todos os três sexos: andrógino, fêmea e macho. No passado, especulavam, nos arrastávamos através de nossos oito membros pelos quatro cantos do planeta, mas quando Zeus, em fúria, temeu que construíssemos uma torre, tão alta que fôssemos capazes de alcançá-lo, dividiu-nos para todo o sempre em duas metades: o andrógino separou-se em bofe e perua, a fêmea em duas sapatas e o macho em duas bichas. Assim, passamos a procurar eternamente por nossa metade perdida e, se por acaso nos percebermos com a metade errada, ou se a metade que parece certa nos abandona, por morte ou outra infelicidade, seguimos à procura da próxima. Divididos e contando com apenas dois braços e duas pernas, pudemos nos erguer, ficamos de pé, e os nossos sexos, que antes apontavam para baixo, foram deslocados para a parte da frente, região extremamente sensível que conservou para sempre a lembrança de sua metade perdida, pela qual procuramos cegos e afoitos.

Ela, como filha duma fêmea ancestral, procurava por outra mulher para se sentir completa, para preencher o vácuo, e seu sexo, local sensível da separação, não deixava que se esquecesse disso. Assim, olhando-se no espelho, vendo-se separada de si por uma superfície intransponível, ela imaginou que só poderia preencher aquele vazio aventurando-se pelo mundo, tentando encontrar a metade que há tanto lhe faltava. Mas, por onde começar? Talvez fosse melhor se atirar logo no olho do furacão, no centro rodopiante onde tudo acontece: a balada, a vida noturna das filhas da fêmea, das meninas, perdidas como ela, que nunca envelhecem, que têm os olhos desejosos, o coração aflito e a boca molhada, sempre à procura de outras meninas perdidas e que nunca se perdem totalmente, é verdade, pois no olho do furacão, o tempo permanece suspenso e a força dos ventos revoltos faz com que as meninas sejam jogadas de volta para perto, bem perto, umas das outras. Este seria um bom lugar, ela sabia, pois, uma vez no centro, no olho do furacão, seria difícil escapar, porque as meninas perdidas ficam sempre próximas, como planetas em órbitas concêntricas ou partículas circulando presas no centro idílico do furacão tormentoso, o famoso rebuceteio, a sapatosfera, onde, ela tinha certeza, seria fácil encontrá-las. Uma vez localizadas, precisaria apenas se jogar no meio delas e, cedo ou tarde, seria atraída, inevitavelmente, pela própria força gravitacional daquele movimento giratório, para a órbita de alguma novidade, uma menina ou duas querendo encontrá-la – assim o amor talvez pudesse dar as caras e sua misantropia quem sabe gozasse de um funeral repleto de público.

E porque iria a público, usava um par de óculos ray-ban de lentes verdes, aros e hastes dourados, clássico, que sabia, poderiam bem servir aos seus propósitos: primeiro, porque moleque não se maquia, embora muitas meninas perdidas o façam, e queria disfarçar as linhas do rosto, estando com quarenta; depois, para que pudesse olhar para todos os lados sem que ninguém conseguisse saber ao certo para onde ela olhava; também, para que pudesse filtrar e detectar uma menina ou duas, deixando-se prender em suas órbitas; e enfim, para que funcionasse como uma barreira de invisibilidade e velasse suas intenções.

É claro que ela sabia que sair de óculos escuros à noite inspiraria certa desconfiança nas pessoas, sugerindo alguém com segundas intenções e que pretendia se esconder, coisa muito antipática, principalmente quando se quer encontrar e conhecer pessoas. Mesmo assim, resolveu apostar no benefício que essa barreira poderia trazer, pois não iria se expor tão nua com tantos anos de caverna evidentes em seus olhos. Era preciso sair e poder olhar sem que ninguém soubesse deste vácuo ou para onde ela olhava, pois ela seria, agora, nesse estágio (e disso tinha certeza), apenas uma observadora da cena, porque todo cuidado seria pouco, e a dor havia sido, como a esperança ainda era, muita.

Então se sentiu pronta e, com os óculos postos, saiu a pé para a balada e, na rua, sentiu a brisa noturna, pela primeira vez em anos, e seus cabelos bem curtos moviam-se como folhas de arbusto sob o vento, anunciando uma virada, a chegada do furacão que iria pegá-la, não de surpresa, mas de jeito. Tudo bem, ela pensou, era isso mesmo o que desejava, cansada de estar parada por medo e vertigem, pois agora que estava na rua não haveria mais volta, o luto já havia escapado pela porta e se fora com o vento, para não voltar tão cedo.

2
Lelê e Belzinha

Neverland! Ela disse como se anunciasse uma grande descoberta. Belzinha era pequena, mínima, mas era dada a grandes descobertas, talvez porque sua estatura exígua permitisse a ela infiltrar-se sem ser percebida em qualquer ambiente e sua discrição fosse acompanhada de extrema agilidade e rapidez ao coletar e trazer informações essenciais para a turma. O fato é que as meninas sempre mandavam Belzinha na frente para saber qual era a boa da noite, como a matilha ávida que envia a cadela de bom faro à frente para localizar a presa, andando em círculos cada vez mais amplos para descobrir, no caso das meninas, qual o clube bacana e qual a festa que prometeria mais aventuras, mais ilusões e mais meninas perdidas.

Senta aí e conta direito! Lelê arrastou uma cadeira para Belzinha, que logo se sentou, acomodou sua bundinha, os cotovelos bem postos, as maneiras de menina dama, abriu a bolsa e, antes que continuasse o relato, retirou um maço de cigarros, colocou-o sobre a mesa e acendeu o primeiro daquela noite. Lelê estava impaciente, mas nessas horas sabia que era melhor deixar Belzinha fazer as coisas ao seu próprio tempo, sem pressa. Se havia uma vantagem em já ter namorado sua melhor amiga, Lelê refletiu, era conhecer todas as suas idiossincrasias. Ela havia namorado Belzinha por um punhado de meses, uma paixão explosiva que se transformara numa amizade forte e apimentada. As duas se amavam, mas agora como amigas e, claro, ainda tinham suas pequenas rusgas, afetuosas, às vezes doloridas, mas isso era apenas a velha intimidade tomando a relação de assalto, nada que diminuísse o afeto, pelo contrário: aquela intimidade era a cola que não as deixava esquecer o quanto permaneciam ligadas.

Mas Lelê não queria esperar uma eternidade pela boa da noite. Ela era uma garota de ação, não gostava de ficar parada num canto e isso era até uma qualidade, mas, às vezes, a garota beirava a impaciência, e não conseguia disfarçar seu mau humor quando estava com pressa e com a cabeça em outro lugar. Naquele momento, sua mente se dividia entre outro lugar e a tarefa de manter-se calma, aguardando a informação que Belzinha estava para revelar (e já teria revelado, não fosse aquele tempo longo que precisava para chegar, acender o cigarro, pedir um drinque e respirar três vezes olhando ao redor, checando quem estava e quem não estava no bar). Tudo bem, Lelê conhecia Belzinha perfeitamente e se conformava em esperar, pois sabia que não valia a pena estragar tão cedo uma noite que prometia ser boa.

Era até engraçado perceber um certo contraste entre as duas: Lelê era grande, tinha ossos largos, cabelos pretos um pouco acima dos ombros, olhos verdes, e se não chegava a ser totalmente indiscreta (pelo menos não enquanto estava sóbria) ela chamava atenção das pessoas em qualquer lugar, pois era bonita, mas acima de tudo muito gostosa; Belzinha, por outro lado, era pequenina, magra, delicada, tinha a pele clara e cabelos que seriam ondulados, não fossem curtíssimos, estilo Joãozinho, e tão louros, quase brancos, que até ofuscavam a vista. Apesar de todas as assimetrias de temperamento e tamanho, elas formavam um casal muito bonito, mesmo agora que eram apenas amigas e saíam para a balada todas as noites, como era costume entre meninas na faixa dos vinte.

Tá, Belzinha, o que mais? Lelê estava ansiosa por mais informações, pois perseguia há dias (ou noites) uma garota que havia visto numa festa, que havia levantado uma lebre (se era esse agora o nome disso) e que insistia em escorregar por seus dedos. Por isso esperava aflita a chegada de Belzinha, encarregada de investigar a menina e que, finalmente, veio com a nova: Nerverland! Vai, desembucha, apressou Lelê. Tragando calmamente seu cigarro, a pequena finalmente explicou que Neverland era o nome do clube onde a menina estaria naquela noite, um clube que acabara de abrir, mas onde só entravam convidados.

Belzinha sabia que Lelê estava de quatro. Já vira Lelê de quatro, quando haviam se apaixonado, e sabia o roteiro de cor: Lelê apaixonada, Lelê de quatro, Lelê feliz, Lelê de barriga cheia, Lelê enfastiada, Lelê com medo, Lelê enciumada, Lelê de saco cheio, Lelê interessada em outra e todas as outras descartadas. Mas tudo bem, Belzinha pensou, nada como ser amiga da ex-namorada e conhecer, uma a uma, todas as suas idiossincrasias. Por isso sabia que, enquanto não liberasse toda a informação, Lelê estaria assim, de quatro para ela também, esperando para saber tudo, tudinho: endereço, como entrar e, claro, iria solicitar também a companhia de Belzinha para ir ao tal de Neverland. A pequena sabia que Lelê odiava chegar aos lugares sozinha, com receio de parecer solitária, mal-amada ou mal comida, imaginando que se chegassem ao clube como casal (mesmo que fossem ex), causariam melhor impressão, dando às duas caçadoras pelo menos duas cabeças de vantagem sobre as concorrentes não pareadas e um certo charme a mais, como se exalassem um feromônio capaz de atrair presas indefesas. Não seria de se admirar, pois, se mesmo as macacas parecem preferir parceiras já acasaladas, por que não as meninas perdidas em busca de suas metades fêmeas?

Ok. Lelê já sabia onde estaria a sua possível metade naquela noite, mas precisava saber ainda como entrariam naquele lugar tão seleto. Belzinha, numa atitude generosa, percebendo a ansiedade da amiga, deixou de fazer tanto doce e foi logo adiantando que já havia falado com a Fê, pois, veja que coincidência, ela tinha conhecido uma menina no futebol que trabalha no clube, e se Lelê quisesse, elas poderiam ligar pra Fê, que, aliás, estava louca para conhecer Neverland! E, mais que Neverland, insinuou Belzinha, ela queria ver a tal da menina.

O que você está esperando? Lelê apressou a amiga para que ligasse para Fê. Tá bom, mas você fica me devendo uma, disse Belzinha, que ligou em seguida para a amiga, mas não a encontrou e deixou um recado no celular.

O nome parece coisa de conto de fadas, né? Belzinha tinha um jeito todo gracioso de relatar suas impressões, mas procurava por ora não desviar o rumo da conversa, embora o quisesse, pois conhecia Lelê muito bem e sabia que ela já estava batendo o pé debaixo da mesa, ansiosa, esperando por um telefonema da Fê e querendo de Belzinha toda informação disponível sobre Neverland, para que pudesse preparar o bote em cima da menina que perseguia. Assim, Belzinha recolheu suas impressões e ateve-se ao que importava para Lelê, como, por exemplo, o tipo de som que tocava no lugar, as pessoas que o freqüentavam, quanto se cobrava pela bebida, até que horas se dançava, e se o clube tinha lounge, pois Belzinha sabia, Lelê era chegada em locais escurinhos para dar uns amassos nas meninas, e em baladas onde só rola pista as pessoas apenas cheiram, e não namoram direito.

A garçonete havia acabado de trazer uma cerveja para Lelê e um hi-fi para Belzinha, que, após meio cigarro fumado e um drinque à sua frente, já se sentia mais inspirada para prosseguir com aquela conversinha não tão excitante para ela como para Lelê, pois Belzinha não estava nem um pouco interessada (ou pelo menos dizia não estar) em arranjar uma menina perdida para si, não naquela noite, nem mesmo no dia seguinte, jurava ela, que àquela altura já havia acumulado muito fora, muito desgosto, muita menina ingrata, sem coração, a não ser nas vezes em que havia sido ela quem não tivera coração. Belzinha também sabia espezinhar, ferir e machucar, apesar do tamanho mínimo, e, por isso mesmo, suas pontadas penetravam fundo, sem que suas vítimas percebessem, feridas de morte em pequeníssimas picadas, mas capazes de provocar choques anafiláticos. Um dia, porém, Belzinha se cansou e parou de perseguir meninas perdidas. Já fazia um tempo que se sentia estranha, alheia, diferente das outras, pois as meninas todas, mesmo que pareando e separando, estão sempre em duplas, ou trios, e quando ficam sós, este estado de coisas é apenas temporário e elas logo voltam a se acasalar. Contudo, no caso de Belzinha, sua solidão já durava mais de um ano e, em se tratando de meninas perdidas, um ano é uma eternidade!

Mesmo só, Belzinha não era dessas de ficar em casa trancada, a não ser em situações muitíssimo especiais, geralmente ocasiões em que brigava com o mundo, quando se sentia tão apagadinha que escolhia iluminar apenas seu pequeno canto, usando a pouca luz que ainda lhe restava para não se extinguir de uma vez. No momento, estava solteirinha da silva, mas não se sentia nas últimas, nem apagadinha, e estava adorando zoar pela noite, piscando a esmo, lançando flertes ao léu, pois se estava só, estava só porque queria, e não como Lelê, solitária a contragosto, louca por sua outra metade. Na verdade, Belzinha já havia passado da fase deprê depois do último namoro e, terminado este período lúgubre, atingira um estágio que julgava inédito em sua vida, mas, cá para nós, isso era uma mentira, pois ela havia apenas se esquecido de que já estivera assim antes, apaixonada por si mesma. Por isso, saía zoando à noite e se jogava na pista, dançando e seduzindo ninguém menos que si, em total e completo narcisismo, o que a tornava até antipática muitas vezes, tão absorta em seu amor próprio, que se bastava, simplesmente. Não que fosse fútil ou esnobe (o que era às vezes), mas, depois de algumas pancadas fortes e daquela última desilusão amorosa, Belzinha descobriu que amar Belzinha de coração e punhetinha era o melhor remédio para a sua auto-estima, que por ser também tão pequenininha, necessitava enormes cuidados.

Mas ninguém é tão bastante que nunca precise de outra pessoa, e Belzinha contava com uma amiga fiel que lhe prestava cuidados: Lelê, que por ser tão pé no chão era crucial para mantê-la restrita aos limites da boa convivência com o mundo. Fora Lelê quem lhe havia dito que encerrasse o drama e esquecesse aquela menina, afirmando haver muitas outras no mundo, e agora a aconselhava a maneirar no narcisismo, no celibato e no auto-erotismo, pois achava que a amiga estava ficando, cada vez mais, alheia ao mundo. Logo ela, que era tão pequenina, Lelê dizia, se continuasse a se esconder, talvez um dia o mundo se esquecesse dela e ninguém, nunca mais, poderia achá-la. Este tipo de bronca, dura, incisiva, e ainda assim doce, é possível apenas quando há intimidade suficiente entre duas pessoas, e somente Lelê poderia alertar Belzinha desta maneira. Mas, ao ouvir que o mundo se esqueceria dela na medida em que ela se esquecesse do mundo, Belzinha foi tomada por uma súbita preocupação que, no entanto, não teve como desenvolver porque, naquele momento, Lelê, cansada de falar de sua amiga fodinha (afinal, estavam falando dela esse tempo todo), queria saber ainda mais sobre aquele lugar, Neverland. A pequenina, ainda preocupada com a possibilidade de estar se tornando uma freira carmelita, sem perceber, ou uma noviça que não voa e apenas levita a dois palmos do chão e nem assim ergue a cabeça acima da massa da população, sabia que Lelê tinha razão, que precisava arriscar-se (quem sabe, em Neverland!) e foi tomada por um súbito interesse naquele lugar. Assim, concordou em mudar o rumo da conversa, ou melhor, voltar ao seu interesse original: o lugar onde as meninas perdidas combinavam de se encontrar.

O legal do clube, continuou Belzinha, é que ainda não foi invadido, só tem menina interessante e a DJ é muito boa, uma índia, acredita? Isso mesmo, parece que veio do Alto Xingu e faz umas misturas inacreditáveis e muito boas. Na medida em que relatava, Belzinha notou que se entusiasmava e disse a Lelê que não, nunca havia ido ao tal de Neverland, mesmo porque tinha sido inaugurado há uns dez dias, apenas, mas Fê contou que a menina do futebol disse que o lugar era demais. Só isso? Lelê estava aflita, porque Fê demorava a retornar, e queria ir para Neverland de qualquer jeito, não apenas por causa daquela menina, mas porque precisava de qualquer menina. Ela já desconfiava que não conseguia mesmo ficar sozinha por muito tempo, e sua natureza era apaixonada, o que fazia com que saísse atrás das meninas e as conquistasse uma a uma, o que não era certo nem errado, há que se frisar, apenas o jeito de Lelê. Contudo, ela já não gostava deste jeito de ser e estava querendo mudar, sossegar, encontrar A Garota com G maiúsculo e não uma menina qualquer. Lelê queria acreditar, do fundo do coração, que essa garota que perseguia no momento (a que rumava para Neverland) fosse, quem sabe, A Garota com quem sossegaria. Mas logo se lembrou de quantas foram as meninas que tomou como A Garota e como, depois de um tempo, elas não se pareciam mais com as garotas que elas haviam sido no início. Era como se suas namoradas fossem envelhecendo, mas ela permanecesse a mesma. Um belo dia Lelê acordava e não reconhecia a namorada, não se lembrava mais do dia em que havia se apaixonado ou porque se apaixonara, em primeiro lugar. Ela simplesmente despertava e o amor parecia ter se dissolvido, e quando uma coisa se dissolve, ela parece estar mais irremediavelmente perdida que uma coisa que se quebra, porque o que se quebra pode um dia ser consertado, mas quando o amor se dissolve não há mais volta, é como um bloco de açúcar que desaparece em água muito revolta.

O amor, para Lelê, se dissolvia irreversivelmente quando atingido certo ponto e deste ponto não passava. Ainda assim, ela alimentava esperanças de que, um dia, esse feitiço acabasse, este processo que se repetia contínua e indefinidamente, quem sabe por mágica, fosse interrompido, e ela pudesse sossegar num colo e num par de seios. Mas, logo depois, se lembrava de que já havia considerado a possibilidade desta pessoa não existir (por que o raciocínio às vezes se parece com um pêndulo?) e assim, presa num vai-e-vem interminável, Lelê acabava chutando o pau da barraca, vivendo cada dia e cada amor como se fossem os últimos e saboreava seu prazer e seu gozo como a fera que não sabe se vai comer no dia seguinte e se empanturra com a caça até a próxima refeição. Como leoa à espreita nos arbustos, observando sua presa beber água, Lelê pensava na menina que perseguia, matando a sede em Neverland enquanto ela aguardava, ansiosa e esfomeada.

As meninas perdidas vivem com fome de afeto, sexo, amor, atenção, beijos, afagos, mimos e abraços, o tempo todo, e às vezes até inventam, brincam de mentirinha, acreditando que comem uma menina com os olhos quando, na verdade, lançam sinais de desespero, aquela fumaça que enevoa os olhos e não é senão ilusão de menina que nunca vai crescer, mas, fazer o quê?, as meninas perdidas precisam tanto de amor que o inventam, mesmo, pois não tê-lo é pior que tê-lo de brincadeira. Talvez isso explique porque Lelê perseguia outras meninas na tentativa de transformá-las na Garota que iria saciar seu desejo para sempre, a Garota destinada a ela ou a Garota da qual se perdera e que, aparentemente, não encontraria jamais. Precisando tanto de amor, afago, sexo, carinho, atenção e namoro, Lelê, como todas as meninas perdidas, às vezes inventava um romance, mas fazer o quê?, romances são deliciosos e havia tantas garotas pela noite que ela não conseguia não olhar, não perseguir, não namorar, afinal, que graça há em ficar só? Lelê amava as meninas acima de tudo, e se o mundo não lhe reservara uma Garota que pudesse saciá-la finalmente, então (puta que pariu!) ela iria namorar até ficar farta, namorar todas juntas ou em seqüência, a começar por aquela que já deveria estar dando a maior sopa no tal clube.

Lelê estava a ponto de bala, animada, sentindo o sangue ferver, ansiosa para colar na garota, quando o celular de Belzinha tocou e era Fê, dizendo que estava tudo certo: ela havia ligado para a tal da menina do futebol, que era hostess e gerente do local que havia colocado o nome de todas na lista de convidados e assim, foram, voando, para Neverland.

3
Neverland

Elas subiram por uma escada e adentraram o clube. O som rolava alto, Peaches, mais alternativo impossível numa cidade que ficava mais igual a cada ano, com lugares legais para dançar, mas que logo são invadidos por tribos que não têm nada a ver com a turma original de freqüentadores, fenômeno típico de uma cultura de massas que reduz tudo a meia dúzia de denominadores comuns e, por mais que tente vender qualquer coisa como coisa original, apenas vende arremedo de coisa nova, uma sociedade de mortos vivos, ou melhor, natimortos, pois qualquer coisa que surge de fenomenal (e todos já sabem disso, o que é mais triste) não sobrevive incólume por mais que seis meses, seja um CD, um seriado, uma modelo, um astro do esporte ou uma atriz de TV. Seis meses – essa a vida útil de um bom clube. Por isso Neverland prometia! Completava apenas dez dias de existência e já causava boa impressão nas meninas, que, ao entrar, ouviram Peaches e julgaram aquilo um presságio, por vários motivos: Lelê achou que aquele som era puro sexo, o que significava uma noite idílica; Belzinha disse que era banda de menina, e o local estava repleto delas; e Fê, animada, não falou nada, apenas gritou, a plenos pulmões, fuck the pain away! Assim, as três se apaixonaram por Neverland à primeira vista, sentindo que aquele era o lugar, o oásis, a ilha de garotas em que iriam ancorar seus desejos pelos próximos seis meses, fiando-se no tempo de vida útil de todas as lesbopistas que já haviam freqüentado.

Fê acenou, e uma garota muito bonita, alta, de pele negra (não de ébano, mas cor de amendoim) se aproximou delas, cumprimentou Fê com um beijo muito afetuoso, um meio abraço, uma passadinha de mão nas costas, e Lelê e Belzinha logo perceberam que aquela deveria ser a gerente-hostess que colocara seus nomes na lista. Fê apresentou a menina (gente, essa é Black Debby), e as duas amigas agradeceram imensamente, o que não foi apenas um gesto de boa educação, mas uma manifestação sincera de gratidão, pois, naquele momento, Lelê já avistava com o canto do olho a menina que perseguia, nela projetava os prazeres que a noite prometia, e Belzinha marcava a batida da música com seus pés pequenos, embalada ao som da pista. Black Debby simpatizou imediatamente com aquelas duas garotas amigas de Fê, menina que mal conhecia, apenas do futebol, mas que parecia ser muito interessante e era ótimo que achasse isso, pois Fê estava, já, mais que interessada nela, e um romance correspondido seria muito mais saboroso que um sonho impossível. A gerente, prestimosa, as instalou em um pequeno lounge entre o bar e a pista (repleta de meninas) e elas se sentaram, mas sabiam que por pouco tempo, pois logo após o primeiro drinque cairiam na dança, de maneira que fizeram logo seus pedidos, que Black Debby não precisou anotar porque os adivinhara de antemão (contudo não se gabava e fingia escrevê-los mesmo assim, orgulhando-se, no íntimo, de seu talento para a clarividência).

Enquanto pediam seus drinques, Lelê, que não tirava o olho da menina que perseguia, colocou a bolsa de lado, sendo muito feminina, apesar de molecona (porque todas as meninas são, no fundo, moleconas) e, rápida no gatilho, tirou a jaqueta, exibiu os ombros nus por baixo de uma blusinha fashion, só para que a menina observasse suas tatuagens, pois todas as meninas perdidas, sabe-se, estampam tatuagens pelo corpo, fazendo disso um código: Lelê tinha uma sereia no ombro e um olho egípcio no tornozelo; Belzinha, apenas uma pequena vírgula na nuca e uma exclamação na canela, pois era tão mínima que só podia tatuar sinais; e Fê, mais radical, tinha os braços todos tatuados, dos ombros aos cotovelos, uma colagem de desenhos feitos por quase uma década, pois começara cedo, aos quinze, filha de um hippie tatuador e uma lésbica libertária, uma menina tranqüila que trabalhava duro até as sete e depois disso reservava-se o direito de fazer o que quisesse, o que para ela significava divertir-se. Fê não era de criar problemas nem de exigir muito dos outros e, por isso, combinava bem com Lelê e Belzinha, que eram muito temperamentais, pois uma menina de natureza tépida como Fê ajudava a neutralizar os humores, dissipava mal-entendidos e agilizava procedimentos de ordem prática como descolar a entrada das três em Neverland. Claro que para isso recebera uma mãozinha de Black Debby, que havia conhecido num jogo de futebol e que trabalhava naquele clube bacana, que tinha poderes de clarividência (o que ninguém sabia) e apenas fingira anotar os pedidos, que já havia adivinhado de antemão: hi-fi para Belzinha, cerveja para Lelê (sabia que depois partiria para um drinque mais colorido) e uísque para Fê, aquela ruiva fofa que preferiu não esperar pelo drinque na mesa e a acompanhou até o bar, emendando um comentário engraçado, pois as meninas puderam ver, Black Debby era só gargalhadas.

Ela vai se dar bem com essa menina, disse Lelê, torcendo pelo sucesso da amiga, mas sentindo uma certa inveja, querendo se dar bem também. Pediu um cigarro para Belzinha, embora estivesse tentando parar de fumar, o que não faria naquela noite, pois estava ansiosa e não desgrudava os olhos da menina que perseguia, que agora estava sentada quase à sua frente, num pequeno puff, conversando com outra garota muito sem graça para ela, com um drinque colorido em uma mão, um cigarro na outra e as pernas cruzadas elegantemente. Lelê, emitindo sinais de fumaça, tentava atrair sua atenção nos momentos em que cruzavam seus olhares, coisa muito difícil de se fazer, pois é preciso ser muito interessante para chamar atenção de alguém no exíguo segundo que dura uma troca rápida de olhares, principalmente num lugar repleto de gente como aquele. Contudo, estavam até bem próximas, sentadas frente a frente, e Lelê, com os ombros de fora e a ansiedade controlada pela pose e pelo cigarro, se sentia segura, pois mesmo que às vezes duvidasse, ouvira muita gente lhe dizer que era bonita e gostosa. Além disso, já havia passado muito tempo seduzindo garotas, aprendendo alguns macetes para despertar o interesse apenas numa troca de olhares, que teriam de se engatar firme, mesmo que por pouco tempo. Esta intensidade de troca, comprimida num único segundo, significa dizer só com os olhos, e em letras garrafais, EU TE QUERO, e isso, claro, não é uma questão de técnica, ou beleza, ou sex-appeal. Não basta ver, ouvir, cheirar, provar, nem tocar – é preciso um sexto sentido que as meninas perdidas possuem, apesar de esquecerem disso quando ficam doentes de paixão ou abandono.

Mas Lelê não estava doente de paixão ou abandono, não ainda, e seu sexto sentido mandou que conversasse animadamente com Belzinha para mostrar à menina em frente como ela, Lelê, era divertida e bem-humorada. Contudo, Belzinha, tendo vasculhado todo o local com seu farol e não vendo ninguém que despertasse sua curiosidade, exigente que era, ainda mais nesta fase em que se descobrira Narciso, não estava com vontade de conversar e queria mexer seu corpo e dançar, porque a música estava ótima e seus pés não haviam parado de marcar compasso desde que entrara ali. Os drinques já haviam chegado, ela havia bebido meio hi-fi e estava pronta para se soltar, se atirar na pista, mas não queria dançar sozinha e era muito tímida para se enturmar, de forma que insistiu para que a amiga dançasse com ela. Mas Lelê, fazendo charme para a menina ao lado, tentando parecer divertida e bem-humorada, queria se concentrar na paquera e, além de recusar a dança, ainda pediu que Belzinha ficasse ali com ela, mesmo que fosse para fingir que se divertia, pois também não queria ficar ali sozinha, largada no sofá. Assim instaurou-se a diferença, e isto seria o suficiente para gerar uma discussão entre as duas. Porém, como o impasse de nada serviria para Lelê, porque discutir não seria nem divertido, nem bem-humorado, a sedutora topou dançar e deixar, por ora, de procurar o olhar da menina que perseguia.

Tum-tsh-tum-tsh-tum-tsh, uma batida que Belzinha não conseguiu identificar tomou a pista, um som tribal, eletrônico, vozes primitivas de garotas, percussão oca atravessando o bate-estaca techno, e ela adorou aquilo, olhou para o palco e viu a tal da DJ, índia egressa do Xingu que havia começado a desfilar seu set, uma mistura que hipnotizava e fazia mexer os pés e quadris das meninas – e era bom! Belzinha e Lelê, que adoravam música e amavam dançar, se olharam, abriram um sorriso enorme como se confirmassem, uma para a outra, que aquela pista era o máximo, que elas haviam dado sorte, que aquele era o lugar e que a noite prometia. Elas se jogaram, dançando tudo o que sabiam, e sabiam quase tudo, porque haviam feito muito pas-de-deux nas pistas, na época em que namoraram, e mesmo hoje continuavam fazendo, pois embora não fossem mais apaixonadas, amavam dançar juntas. Lelê, na pista, se sentia gostosa e se exibia, farta, de peito aberto, sensual pra caramba, e Belzinha, que era mínima, como só as bailarinas clássicas, dançava mais contida, de olhos fechados, sem jamais tirar o sorriso perverso do rosto. Lelê fazia gestos e graças enquanto dançava, mexia os quadris como poucas ali, tipo cachorra, preparada, fazendo que seduzia Belzinha, querendo seduzir a menina que perseguia e seduzindo, inevitavelmente, todas em volta, na pista e fora dela. Belzinha, que não era exibida como Lelê, e muito mais cool, apenas abria mais e mais seu sorrisinho sacana, inabalável, e tão charmosa era a dupla que passaram a chamar atenção, pois eram tão diferentes, mas tão combinadas, que em pouco tempo, com o boca-a-boca, ficariam famosas em Neverland.

Como um centro magnético que puxasse gente animada, a pista se encheu em volta das duas. A DJ Índia se empolgou, lançou mão de um set primoroso que não iria usar àquela hora, mas vendo o delírio do povo, tascou o filé do roteiro que havia preparado para aquela noite, retroalimentando o ânimo que escalava às alturas e que contagiou Neverland. Ninguém mais pensava coisa alguma, e todas, marcando o mesmo tempo e a mesma música, passaram também a pensar a mesma coisa, concentrando-se na batida, só na batida. Assim, em sincronia, todos os corações naquela pista passaram a bater como um só, e quando se forma através da dança esse círculo mágico de libido partilhada, as mentes passam a desejar o mesmo, como num rito tribal em que os pés batendo juntos no chão chamam chuva, ou boa sorte, ou colheita farta. Da mesma maneira, elas chamavam, através do ritual da dança, tudo de bom também para as meninas: chuva na horta, sorte na vida, e colheita no amor.

Assim, entregue, chamando tudo de bom, mas não pensando em nada, Lelê se jogava, esquecida até mesmo do motivo que a trouxera ali, quando esbarrou em alguém que dançava ao seu lado e, virando-se para um gesto de desculpas, reparou que havia trombado, sem querer, na menina que perseguia e que viera dançar com aquela sem graça com quem conversava antes. Lelê, primeiro surpresa e depois convencida (porque tinha certeza de que a menina resolvera dançar só por sua causa, para ficar perto, esbarrando de propósito), ficou tão confiante que passou a caprichar, mais que cachorra, mais que preparada, deixando pelo menos meia dúzia de queixos caídos e outras tantas molhadas. Ela fez arabescos com os braços, rebolou até agachar, fez cena até que a menina que perseguia, achando tudo aquilo excitante, virou-se totalmente para Lelê e começou a se exibir para ela. Belzinha, que dançava ali ao lado, entretida, sorrisinho perverso e olhos fechados, não percebeu o que havia acontecido – que Lelê dançava agora com outra. Quando abriu os olhos, encontrou apenas aquela outra sem graça, par da perseguida, deixada ali como consolação para desgosto de Belzinha e prazer de Lelê, que ficara com a princesa e deixara a sapa sem graça a cargo da pequenina.

Saco! Belzinha estava cheia de pose e antipática, implicando com tudo, parada num canto com o cigarro aceso em uma das mãos e o copo na outra, o olhar fixo no chão, não no chão próximo, mas na linha onde a parede oposta, lá longe, se juntava ao chão e, assim, com as mãos e os olhos ocupados consigo, bloqueava qualquer tentativa de contato que alguém ousasse estabelecer. Estava puta da vida com Lelê, que resolvera se enganchar na menina que perseguia e deixara a sem graça no seu pé, um grude que tentou dispensar, primeiro de maneira sutil, indo ao banheiro, e depois desviando dela e sumindo na multidão, o que para Belzinha era fácil, pois era mínima. Mesmo assim, a sem graça a encontrou espremida entre dois banquinhos sob os cotovelos gordinhos de Fê, encostada no balcão. A menina era chata, além de sem graça, e Belzinha descobriu que também era prolixa, pois se dependurou em seu ouvido por horas, de maneira que a pequena teve que ser um pouco mais direta. Quando conseguiu finalmente interromper o interminável solilóquio desinteressante, Belzinha disse à sem graça que se mandasse, pois estava paquerando a menina xis (o que era uma mentira), e se ela não desgrudasse a tal jamais iria se aproximar. Veja bem, não é por você, mas uma questão tática, justificou-se, tentando suavizar a porrada, num esforço que se revelou inútil, pois a sem graça ficou terrivelmente ofendida, deu as costas para Belzinha e passou o resto da noite olhando torto para ela.

Por isso ela estava puta com Lelê, que não largava a perseguida, a não ser para vir contar de vez em quando o que descobria: que se chamava Patty, que era publicitária, que trabalhava numa agência como redatora, que não tinha namorada, que se lembrava de Lelê daquela festa, mas não havia se aproximado porque era tímida, que já havia reparado em Lelê e que achava uma coincidência feliz se encontrarem em Neverland, um clube tão seleto e fechado – aquilo só poderia ser o destino! Mal sabia Patty que Lelê já havia reparado nela naquela festa, que a perseguia há dias e que não era coincidência terem se encontrado em Neverland, mas isso Lelê não iria dizer, não, pois estava achando ótimo a menina pensar que era tudo coincidência ou destino, afinal, assim o encontro pareceria mágico. Belzinha, porém, a cada minirrelato da amiga se irritava mais e mais, pois não via nada de mágico naquilo, naquela perseguição sôfrega e calculada. Era sempre assim. Belzinha não sabia como ela não se cansava, como conseguia ter aquela enorme capacidade para inventar uma paixonite atrás da outra e ainda ver mágica nisso. Não, Belzinha não entendia e, naquele momento, não queria entender, estava antipática e de mau humor, pois ultimamente era sempre assim: saía acompanhada de Lelê, que a levava a tiracolo como estepe, e terminava a noite largada num canto, não porque ninguém a quisesse, ou porque a amiga a tivesse largado, pois Lelê, em última instância, não a largava nunca, mas porque estava completamente desinteressada em romance e no momento, puta da vida com tudo aquilo.

Lelê sabia. Ela podia ser voluntariosa, até mesmo egoísta em certas horas, mas não era insensível e, mesmo quando machucava alguém sem querer, ou mesmo quando podia evitar e ainda assim feria, Lelê lamentava por isso, e mais, tentava reparar o seu erro, ainda que muitas vezes o reparo causasse mais danos que a primeira porrada. Tudo bem. No final todas a perdoavam, pois Lelê era muito doce, suas intenções eram quase sempre muito boas e foi exatamente com a melhor das intenções que ela, notando a irritação de Belzinha, resolveu dar um jeito naquilo, a seu modo, claro, o que significava fazer uma bela brincadeira para animar a amiguinha. Discretamente, chamou Fê num canto, e as duas combinaram de escrever um bilhetinho anônimo para Belzinha, um torpedo, pois talvez aquilo despertasse a sua curiosidade. Sabendo muito bem o quanto Belzinha era curiosa, imaginaram que talvez a brincadeira melhorasse o seu humor, porque ninguém gostava de gente mal-humorada em Neverland. Assim, puseram-se a escrever algo curto, mas eficiente, e Lelê, que já havia namorado Belzinha e sabia mais ou menos o que dizer para levantar a lebre (se era esse agora o nome da coisa) escreveu, disfarçando sua caligrafia: eu estou olhando para você, justo neste momento; você não sabe quem sou, mas estou de olho em você, a menina mais deliciosa deste lugar; um dia irei me revelar e deixar de ser apenas uma admiradora secreta. Pronto! Isso deveria ser suficiente para mexer com Belzinha, Lelê decidiu, e então chamaram Black Debby, com quem Fê, àquela altura, estava encantada, pois tendo trocado muitas palavras, mostrado toda a sua simpatia e tendo se derramado, já se tornara íntima, e estava disposta a prestar qualquer favor que fosse para aquela coisa fofa e redonda de cabelos vermelhos. Se Fê não era linda como Lelê, nem charmosinha como Belzinha, ela sabia se virar muito bem quando o assunto era namoro, e encantava seu pequeno séquito, formado geralmente por garçonetes, leoas de chácara, pessoas em posições-chave, não necessariamente no poder, mas aquelas que afinal decidiam, a ponta de todo o processo e que, no caso de Neverland, era aquela gerente-hostess com a pele cor de amendoim. Afinal, fora a Black Debby de Fê que as colocara para dentro, o lugar mais quente do momento, repleto de meninas, entre elas Patty, que Lelê perseguiu e ali encontrou, e uma outra que não conheciam então, e que haveria ali de capturar Belzinha, que ainda não sabia disso, mas Lelê tinha certeza, cederia à paixonite tão logo se abrisse para o mundo. E para isso, Lelê contava com a ajuda daquele bilhete, uma brincadeirinha perversa, não fosse boníssima sua intenção e a certeza que tinha no efeito daquele truque para despertar a libido da pequenina.

Assim, não muito tempo depois, Belzinha recebeu o bilhete pelas mãos da própria Black Debby, que disse tê-lo achado no balcão, perto das comandas, endereçado à menina com a tatuagem de vírgula na nuca. Curioso ser identificada assim, Belzinha pensou, mas talvez fosse mesmo o jeito mais fácil, já que todas ali possuíam tatuagens, a de Black Debby no pulso, uma lagarta que só foi percebida quando a gerente lhe entregou o bilhete e expôs o desenho do réptil, que não provocou o mesmo susto em Belzinha que a notícia daquele torpedo. Quem teria escrito aquilo? A pequena apressou-se em abri-lo, mas esperou que Debby se afastasse, pois não era dada a grandes intimidades, e para que alguém alcançasse a posição que Lelê gozava em sua vida era preciso se esforçar muito, cuidar muito, amar demais e ferir um pouco, coisa que até agora só Lelê conseguira. Quando teve certeza de ter privacidade suficiente, leu o bilhete: eu estou olhando para você, justo neste momento; você não sabe quem sou, mas estou de olho em você, a menina mais deliciosa deste lugar; um dia irei me revelar e deixar de ser apenas uma admiradora secreta.

Aquilo só podia ser brincadeira de Lelê, suspeitou. Brava que estava com a amiga, foi logo ter com ela, sentada no lounge, abraçadinha a Patty, rindo, fazendo graça, jogando charme e deliciando-se. Belzinha sabia o quanto Lelê era amável e às vezes chegava a pensar que nunca havia se curado realmente de sua paixão pela ex, que era tão doce, tão perversa, tão desastrada, tão arrogante, tão linda, que nunca conseguia ficar puta com ela por muito tempo. Dito e feito. Quando se aproximou, Lelê estendeu-lhe a mão, puxou a pequena para o sofá, colocou-a em seu colo e a apresentou a Patty, toda sorrisos, gentilezas e doçura. Era esse jeito todo carinhoso de Lelê que desarmava qualquer intenção bélica, fazendo com que Belzinha cedesse mais uma vez aos encantos e ao colo da ex, depondo suas armas ali mesmo para engatar uma conversa ligeira e educada com Patty, que achou muito simpática, impressão que foi correspondida, pois a garota, que mal fora apanhada, já estava caída por Lelê e suas amigas, tendo sido apresentada também à Fê e Black Debby, sentadas ali e também acocoradas, todas entrosadas, gargalhando à mil no lounge. E assim permaneciam, conversando animadamente, atraídas por aquele estranho poder de Lelê de fazer as meninas circularem a sua volta, putas e pacificadas.

Belzinha, porém, mesmo um pouco amolecida pelo clima amistoso, não havia se esquecido do bilhete e da bronca que pretendia dar e disse a Lelê, num tom ameno, ainda que irritadiço, que nunca iria cair naquele truque de bilhete anônimo. Que bilhete? Lelê mostrou-se surpresa, dizendo que não sabia nada daquela história de bilhete, e Black Debby, que era clarividente e sabia como tudo iria terminar, emendou que não, não poderia ter sido Lelê a autora da missiva, pois ela ficara o tempo todo no sofá com Patty, nem Fê, que permanecera, desde que chegara (louvada deusa!), grudada a ela. Mas claro, se Belzinha duvidava dela, então nada poderia fazer, concluiu Debby. A pequena ficou constrangida por ter se metido numa situação delicada, pois não queria duvidar da gerente, de jeito nenhum, não por que tivesse algum motivo para confiar nela, que mal conhecia, mas porque sabia que era Black Debby quem possuía a chave de Neverland e com quem deveria manter boas relações, já que, assim como as outras, estava encantada com aquele lugar. Sim, claro que acredito em você, assegurou Belzinha, eu apenas conheço bem a Lelê e sei do que ela é capaz, mas se você disse que não foi ela eu vou acreditar, contemporizou, embora não dissesse, ainda duvidava.

A dúvida, entretanto, não se sustentou por muito tempo, graças à habilidade de Lelê em armar brincadeiras e à inclinação natural das meninas para se iludir. Precavidas, Lelê e Fê já haviam preparado outro torpedo e deixado com uma garçonete, que fora indicada por Debby por ser discreta, e que se aproximou, dizendo a Belzinha que trazia um bilhete para ela. A pequena, vendo ali a chance de resolver o mistério, perguntou à garçonete quem havia mandado o bilhete, ao que a menina respondeu prontamente, conforme fora instruída, que a missivista havia acabado de sair. Então, definitivamente, não se tratava de um truque de Lelê, pensou Belzinha, não imaginando, claro, que novamente Lelê armara tudo. Quem seria então? A pequena perguntou qual a aparência da garota, e a garçonete disse que nem muito baixa, nem muito alta. Mas seria bonita? Belzinha não sabia porque perguntara aquilo, já que beleza era algo subjetivo demais para identificar uma pessoa, mas mesmo assim estava curiosa a este respeito. Não era bonita, a garçonete respondeu, mas não era feia, e a idade, não sabia dizer, nem a cor dos cabelos, pois estava escuro. Percebendo que não iria tirar informações precisas, que a garçonete não parecia boa fisionomista e concluindo que, fosse quem fosse a missivista, ela já havia se mandado, Belzinha deixou que a menina voltasse aos seus afazeres e abriu o papel, não sem antes afastar os olhares aparentemente curiosos de

Lelê e Fê por cima de seus ombros, sobre aquelas mal traçadas: eu me apaixonei; virei aqui todas as noites para te ver; talvez revele quem sou; vai depender de você. Novamente o bilhete estava sem assinatura e era endereçado à menina com a tatuagem de vírgula na nuca. A pequenina ficou pasma e mostrou o bilhete para Lelê e Fê, que embora soubessem do conteúdo fingiram excitação, zoando que Belzinha havia arranjado uma admiradora secreta. Black Debby, cúmplice da brincadeira, juntou-se ao coro e disse claro, uma menina tão linda despertaria facilmente muitas paixões, o que envaideceu Belzinha. Patty, que não sabia de nada, concordou com tudo o que disseram e assim a pequena se convenceu de que tinha, realmente, uma admiradora. Foi então que, para colocar uma pá de cal no assunto, Fê finalmente decretou que Belzinha seria a próxima, querendo dizer que ela, abraçadinha a Debby, e Lelê, aos cochichos e charminhos com Patty, já haviam tirado a sorte grande naquela noite, destino que estaria reservado a Belzinha também, pois aquele lugar era encantado, coisa que as meninas pressentiam, mas apenas Black Debby sabia com certeza.

4

Ray-ban

Ela chegou em casa, tirou os óculos Ray-ban, a carteira do bolso, as botas e foi arrancando a roupa do corpo a caminho do quarto, amarfanhando tudo numa muda que deixou no cesto do banheiro para lavar, pois o cheiro de cigarro que impregnava suas roupas lhe dava nojo. As meninas perdidas fumavam demais e ela estranhava aquilo, pois há muito havia deixado o cigarro, preocupada com a saúde, tendo alcançado os quarenta, e embora não odiasse as pessoas que ainda tragavam tabaco, se incomodava que fumassem na pista, o que achava mau gosto, mas talvez fosse apenas implicância sua, pois estava ficando velha e percebeu que se emburrava com tudo. O outro problema era aquele cheiro, que ao final da noite penetrava nas roupas e nos cabelos, horrível, que não estava à altura do prazer que tivera e, talvez por isso, tirasse as roupas imediatamente, com asco delas porque não combinavam com o seu espírito leve, cítrico e feliz da balada.

Até que eu me diverti, pensou, para um retorno depois de tanto tempo, até que não enferrujei e me senti bem, mas dei sorte, o lugar era muito bom, talvez porque fosse tão seleto. Neverland era um nome sugestivo, imaginou, enquanto abria a torneira e se deixava molhar pela água morna do chuveiro, lembrando das meninas que chamaram sua atenção, principalmente aquelas duas que deram um pequeno show na pista: uma delas muito pequena, de cabelos louros quase brancos e curtíssimos, com uma vírgula tatuada na nuca, e a outra, grande e gostosa, de cabelos pretos e olhos verdes, com uma tatuagem de sereia no braço. Ao redor delas, notou, orbitava um pequeno séqüito de garotas que observara ostensivamente naquela noite. Ela tentava se lembrar direito: a menina da sereia no braço, que atraiu a atenção de todos ao dançar na pista, atraiu também uma garota que antes conversava com uma sem graça, e passaram a dançar juntas até terminarem a noite agarradinhas; a pequena, que ficou puta porque a menina da sereia a deixara para dançar com outra, se retirou num canto e ficou ensimesmada; a ruiva, redonda e com os braços tatuados, não desgrudava a barriga do balcão, paquerando a gerente com pele cor de amendoim, que parecia saber das coisas. Sim, aquelas meninas pareciam ótimas, pensou, e depois se lembrou de algo que achou curioso: aquela história dos dois bilhetes, escritos a quatro mãos pela ruiva e pela gostosa só para provocar a pequena, que ficou curiosa, depois intrigada e então estampou uma interrogação na testa para acompanhar a vírgula na nuca.

Seu interesse por essas meninas era mais que perverso: era uma tentativa desesperada de voltar à ativa, de encontrar uma menina perdida ou duas que a prendesse em suas órbitas, e aquele grupo parecia servir ao seu propósito. Desligou o chuveiro, enxugou-se, atirou-se na cama, tossiu duas vezes e praguejou mais um pouco por causa da fumaça, embora soubesse que tossia também porque falara muito alto e não estava mais acostumada, pois anos de misantropia fizeram com que apenas sussurrasse entre as quatro paredes do seu quarto. Mas naquele clube não havia muitos lugares onde se pudesse falar num tom de voz razoável e o som vibrante da pista ocultava tudo o que era dito. Por isso, quando a língua solta das meninas não resistia, elas gritavam, berravam em ouvidos incapazes de captar um décimo do que era dito e, de fato, suas vozes altas eram tão inaudíveis que tudo o que se ouvia eram fragmentos. Fragmentos, diga-se, é verdade, podem ser tão belos como poemas sáficos, perdidos e recuperados, mas quando berrados numa pista fervente muitas vezes soam como elogios descartados, desespero surdo, cantadas cafajestes, curtas, grossas, e mesmo palavras doces, como você está linda hoje, ditas assim, soam destoantes.

Geralmente, as meninas perdidas falavam o trivial e às vezes faziam um comentário sobre alguma coisa que acontecera há pouco com uma outra garota, ou seja, fofoca mesmo, ainda que tingida da mais legítima e honesta preocupação com a dita cuja e tudo bem falar da outra porque, num ambiente onde não se ouve o que as pessoas dizem, pode-se falar tudo sem culpa. E elas falavam. Falavam, porque as coisas não paravam de acontecer na noite, alimentada por aquele som no mais alto volume em intervalos mínimos e precisos de tsh-tum-tsh-tum-tsh capazes de quebrar qualquer informação em estilhaços: ela foi, mas não se ouvia onde, e continuava, disse que, mas não se ouvia o quê, tudo isso seguido de um balbucio inaudível, para terminar a frase com a mesma pergunta: entendeu? Não, não se entendia nada, nunca, mas isso não importava e elas emendavam outra coisa aparentemente interessante, criavam algum acontecimento novo, motivo para falarem mais e mais, pois as meninas perdidas querem falar, acima de tudo, acima do som alto da pista porque o silêncio só revela a total solidão em que se encontram.

Ela virou-se na cama e se lembrou que a solidão não era um privilégio das meninas perdidas, até mesmo anjos podiam ser solitários, e ela mesma se sentia só, mas não queria pensar nisso. Tossiu, tomou três grandes goles de água e com a garganta molhada considerou que havia mais um motivo para as meninas perdidas gostarem tanto de música alta: para colar a boca no ouvido da outra, lábios nos lóbulos, pois a voz alta, ainda que não seja ouvida, mesmo assim vibra na orelha como palheta soprada com doçura, fazendo cócegas, despertando tesão e provocando desejo. Assim, com os rostos próximos e os corpos bem juntos, gritam para disfarçar o silêncio, soprar carícias e suas vozes, porque misturam álcool, cigarros, ressacas e berros, ficam todas desafinadas como as vozes dos meninos púberes. Com o passar do tempo e depois de anos de baladas, ressacas, álcool, cigarros e berros, as vozes desafinadas das meninas começam a perder o vigor e, em vez de desafinar, tornam-se monocórdias e roucas, cansadas de balada, ressacas, álcool, cigarros e berros. Porém, isso acontece somente quando as meninas perdidas ficam velhas, e as meninas perdidas nunca envelhecem, disse uma voz desafinada e rouca que soprou em seu ouvido, justo quando sentiu o sono chegar e desmaiou, embalada, sonhando com as meninas de Neverland.

5

Lelê

Elas mal conseguiam se segurar e, já no carro, antes de subir, Lelê e Patty se beijavam, sôfregas, esfomeadas, molhadas há muito tempo. É engraçado como acontece com as meninas: ficam com tesão e ao mesmo tempo em que os lábios amolecem e a vagina escorre, o clitóris enrijece, uma pequena ponta em riste, imperceptível, não apontasse insistentemente contra a calcinha molhada, e por isso Lelê mal se agüentava. Já havia dado uns beijaços na menina em Neverland, mas agora queria mais e sugeriu que subissem juntas ao apartamento de Patty, mesmo que Patty achasse cedo porque haviam acabado de se conhecer. Lelê discordou, sussurrando que a vida era uma só, que aquilo estava bom, e se estava bom deveriam continuar, não é mesmo? Patty também achava bom e disse que queria continuar, mas tinha medo de se precipitar, ainda mais que Lelê era tão linda, tão gostosa, tão... e nem bem terminava a frase, Lelê a beijava novamente, a língua repetindo tudo o que havia dito antes, quero você, quero comer você, gostosa, meu clitóris tá durinho, enfia seu dedo em mim como enfio essa língua em você. Assim, sem pronunciar palavra, a língua no beijo dizia tudo e Patty, cada vez mais, cedia ao corpo quente de Lelê, que parecia mesmo achar que a vida era uma só, que não haveria amanhã e se atirava de cabeça, sentindo a urgência paradoxal daqueles que acham que jamais irão envelhecer, e tão convincente seu beijo e seu corpo, que Patty concordou em transar com ela naquela mesma noite.

Subiram esfregando seus corpos dentro do elevador e Lelê, abraçada a Patty, viu-se no espelho agarrada a uma menina de quem só via as costas e estranhou a cena, assim, em perspectiva, sentindo um frio na espinha, a cabeça girando, e pensou que talvez fosse aquele drinque colorido que pediu depois da segunda cerveja só para chamar a atenção da menina que agora estava ali – ou talvez fosse apenas o movimento do elevador que subiu rápida e vertiginosamente.

Assim que abriu a porta e entrou em seu apartamento, Patty puxou Lelê para dentro, sem cerimônia, ávida, pois se no carro estava indecisa, agora parecia não ter medo algum de se entregar àquela menina deliciosa e tomava a iniciativa, levando-a para o quarto em meio a muitos beijos, enfiando a língua em sua boca cheia de vontade. Lelê adorava ser levada, tomada, beijada, comida, arrebatada, virada de costas, de peito, lambida, fodida, desejada, em silêncio, com meias palavras, adorava provocar suspiros, gritos, gozo, delirium tremens e, assim, tirando as roupas pelo caminho, pois aquele amasso durava desde Neverland e àquela altura já estavam com o prazer levado em banho-maria fazia quase quatro horas, se atiraram na cama, enroscadas aos beijos. Lelê mal teve tempo de ver o corpo nu de Patty, tão rápido grudaram seus corpos, mas sentiu seus seios colados, seus pentelhos roçando e, desta maneira, deitadas de lado, Lelê procurou com a mão o sexo de Patty. Molhado, completamente molhado! Lelê desconfiava e, mais que isso, desejava que estivesse molhado, mas nunca se acostumava com a deliciosa surpresa de encontrar com os dedos uma xoxota ensopada, o que pensava ser um dos momentos mais sublimes do sexo, ficando atrás apenas do orgasmo, mas equiparando-se a outros momentos de êxtase, como a primeira estocada boceta adentro, o primeiro beijo sorvendo o clitóris, o primeiro momento de quase gozo, seguido pelo segundo, o terceiro e todos os outros que antecediam o clímax, o seu nome sussurrado pela primeira vez em seu ouvido e o descanso feliz e saciado depois de tudo. Tudo isso Lelê apreciava, muito, mas sabia também aproveitar cada passo e por isso, agora, saboreava apenas os lábios úmidos de Patty entre seus dedos e a abertura da vagina, molhada. Depois que se demorou ali na fenda tenra e morna, deu início à seqüência de momentos inesquecíveis listados há pouco, começando pela estocada gentil, escorregando seu dedo para dentro do poço úmido entre as pernas de Patty, pousando a palma da mão que restava para fora sobre o monte de Vênus, acariciando os pêlos, pressionando com suavidade o clitóris, e Patty então gemeu. Que incrível capacidade do corpo de encontrar estímulo num som tão rouco! Aquele gemido deixou o bilauzinho de Lelê duro, tão duro, que ela o pressionou contra a coxa da garota deixando-a melada, pois estava também molhada, muito, porque as meninas perdidas são assim: escorrem, lenta e imperceptivelmente, como lento e imperceptível é o tempo. Patty levou também sua mão ao sexo de Lelê, e as duas começaram a se tocar enquanto se beijavam, a palma da mão de Lelê pressionando suave o clitóris de Patty enquanto entrava com o dedo médio em sua boceta, num duplo movimento que sabia enlouquecer as meninas, pois periquitas cantam melodias muito mais belas quando estimuladas por dentro e por fora, simultaneamente. Como acontece com as meninas que namoram meninas e fazem às outras tudo o que desejam que façam nelas, Patty repetiu o que Lelê fazia, retornando todos os favores, e assim, qual um beijo no espelho, aprendiam e ensinavam mais e melhores jeitos de amar.

Excitadas desde Neverland, logo Lelê gozou, mas não Patty, que estava gostando tanto daquilo que queria adiar o orgasmo, de modo que Lelê teria que se esforçar mais. A sedutora pensou em chupar a xoxota de Patty, contudo lembrou de que teriam que usar alguma proteção e nem haviam conversado sobre seus históricos sexuais, que no caso de Lelê era bem longuinho. Se por um lado era praticamente seguro duas meninas se masturbarem mutuamente, o sexo oral ainda envolvia certos cuidados numa era pós-AIDS que já durava uma geração. Lelê avaliou que seria melhor continuar comendo a menina com as mãos e lembrou do que sua avó italiana dizia, que pollo e donni con le ditta, querendo dizer que galinha e mulheres se comiam com os dedos, o que Lelê já sabia, provara e comprovara, mas que agora haveria de demonstrar para Patty, que parecia ser daquelas que gostava de prolongar o ato a todo o custo. Lelê, a ponto de desistir, a mão cansada, sentiu um enorme alívio quando a menina finalmente gozou, emitindo um gemido não muito alto, mas comprido, tão interminável quanto o tempo que levou para gozar.

Finalmente! Ainda dentro de Patty, Lelê sentiu o coração da menina bater através das paredes da vagina, contraída em torno dos seus dedos como sempre acontece quando uma menina goza, e adorou sentir aquilo, acrescentando ao rol de momentos sublimes do sexo aquele em que ouvia o coração de uma garota através dos dedos, apertados na boceta. Vagarosamente retirou-os dali, escorregando gentilmente (pois nenhum momento sublime deveria prolongar-se muito, ou deixaria de ser sublime), mas deixando Patty com saudades, pois a menina àquela altura já sentia falta dos dedos de Lelê.

Os dedos que haviam trabalhado tanto até aquele momento eram gentis, firmes, mas impacientes, e logo procuraram o maço de cigarros para proceder com um dos atos mais banais no rito sexual moderno: fumar depois de uma trepada. Enquanto tragava e recuperava o fôlego, com Patty acomodada em seu peito observando-a fumar e aparentemente já apaixonada, pois as meninas se apaixonavam rapidamente, Lelê pensou como tudo havia dado certo e de maneira tão imediata: a perseguição, a ida a Neverland, seus truques para chamar atenção, a dança, a lábia que a fez levar e ser levada de pronto ao apartamento de Patty, o gozo e a menina que perseguia havia uma semana ali, deitada ao seu lado, entregue e capturada. Nessas horas, Lelê não conseguia deixar de sentir um gostinho de vitória, de caçadora que retorna com a presa amarrada nas costas e, embora esta seja uma imagem não muito romântica, chauvinista até, Lelê se deleitava com a sensação de conquista, percebendo que seu poder de sedução estava afiado, o que não era de surpreender, pois jamais deixava de exercitá-lo estivesse onde estivesse, desde que houvesse uma menina pronta para testá-lo. Mas Lelê não conseguia evitar uma outra sensação que se seguia à primeira: depois da vitória, um certo tédio. Por isso o cigarro, por isso fumava naquela hora, divagando sobre uma porção de coisas nem sempre relacionadas à menina em seus braços, mas que sempre se referiam ao seu amor, à sua sede de amor quase insaciável, pois Lelê já começava a ganhar fama de galinha, destruidora de corações, amante serial, Don Juan de saias e pessoa volúvel. Isso Patty ainda não sabia, encantada que estava com a lábia, os lábios e os dedos de Lelê, ou não teria convidado a sedutora para subir e dormir com ela, porque era cuidadosa e não desejava ter o coração partido tão cedo. Mas não pensava nisso naquele momento, nem imaginava tal coisa, caidinha por aquela menina que, terminando o cigarro e apagando a luz de cabeceira, voltou-se para ela, deu um beijo em sua boca e disse, esperando sonhar com anjinhas: boa noite, meu amor.

———————————

Boa noite virou bom dia, e bons dias seguiram, acompanhados de boas tardes, fins de tarde com pôr-do-sol, quando Patty passava para pegar Lelê depois do trabalho e elas saíam para passear e tomar sorvete na praça, coisa que a sedutora não fazia antes, mas que por estar apaixonada por Patty, que adorava sorvetes e passeios na praça, passou a fazer e a adorar, porque não queria perder um minuto longe da sua querida. Lelê, quando se apaixonava, não admitia esperar, não tinha a menor paciência e desejava tudo imediatamente, pois não via motivos para retardar algo que em sua cabeça e em seu coração já estava certo: se ela gostava de Patty e Patty gostava dela, não haveria razão para não estarem juntas o tempo todo, descobrindo tudo a respeito uma da outra.

Qualquer pessoa que apresentasse urgência semelhante poderia se transformar num fardo, num porre, num saco, mas Lelê era encantadora e a cada encontro aparecia com um mimo, um presente, uma surpresa para Patty. No dia seguinte à primeira noite, Lelê chegou com um pequeno maço de flores mínimas, tão delicadas e impossivelmente minúsculas que, ao fim do jantar, temerosa que ressecassem, tirou do bolso uma caixinha de tic-tac vazia, encheu de água e a fez de vaso, alaranjado. Patty ficou encantada com aquilo. De outra feita, Lelê a presenteou com um livro de sacanagem do século dezenove, um tal *Manual de civilidade destinado às meninas para uso nas escolas*, repleto de safadezas entre pré-adolescentes sacaninhas e colegiais. Patty achou aquilo excitante e infantil (a cara de Lelê!) e se apaixonou mais ainda porque, ao ver Lelê no livro, amou o livro por Lelê, amou Lelê por ter-lhe dado o livro, e aquilo virou um ciclo interminável, uma espiral ascendente de paixonite pela menina. Assim, cada gesto e cada presente se confundiam com a própria Lelê, e Patty sequer tinha tempo para pensar noutra coisa, pois, logo que se distraía, lá vinha Lelê com o café da manhã completo, justo quando acordava com fome, ou com aquele LP das Go-Go's que achou num sebo depois de procurar muito, só porque ouviu a namorada comentar que adorava a banda quando era pequena. Patty, a cada dia que passava se apaixonava mais e mais por uma Lelê que prestava atenção a tudo o que ela dizia, que lhe fazia elogios e descobria nela o que jamais pensara existir, Lelê que descascava camadas de sua psique, Eros e Lelê sempre ligados, em conluio para lhe tomar de vez, Lelê e a frase certa no momento exato, Lelê agradando, Lelê alegre, Lelê dançando, linda como sempre, gostosa como nunca, na pista de Neverland. Lelê comendo, Lelê gozando.

Foi rápido, e Patty até ficou surpresa por ter se deixado apanhar tão facilmente, mas como resistir a Lelê? Mal conseguiu dizer um não na primeira noite, em que teoricamente, ainda sem saber dos encantos secretos da menina, poderia ter resistido a eles. Agora, que experimentara cada centímetro seu, que sabia como era bom ser paparicada por uma menina cheia de charme como Lelê, seria impossível negar-lhe qualquer coisa. E assim, Patty sucumbiu à torrente sedutora de Lelê e, quando percebeu, estava comendo em sua mão, literal e definitivamente.

Nada tão definitivo é bom. Lelê desconfiava disso, mas mesmo assim confundia intensidade com eternidade e, como numa folie à deux, as duas viveram seu carnavalzinho veneziano em Neverland, intercalado de pequenas luxúrias na cama, com tudo a que tinham direito, decretando, claro, que nunca haveria quarta-feira de cinzas para elas, pois não queriam saber de choro àquela hora, mas somente de mamãe eu quero e de mamar.

6

Belzinha

Each time I make my mother cry, an angel dies and falls from heaven. Ela ouvia Marilyn Manson enquanto arrumava a casa, deprê de propósito, e imaginava quantos anjos caídos andavam soltos pela cidade, pois todas as mães, desde o início dos tempos e muito antes da virgem, sempre choraram por seus filhos, ingratos, infelizes ou crucificados. Entretanto, não conseguia lembrar-se de sua mãe, a não ser vagamente, mas tinha certeza de que a fizera chorar num passado remoto e que, talvez, ainda hoje ela chorasse, embora não tivesse notícias, pois as meninas perdidas, por algum motivo, perdem suas mães muito cedo, às vezes porque não se sentem compreendidas, às vezes porque seguem a trilha de outra menina perdida que as leva para longe de casa e outras vezes porque é inevitável e escolhem partir antes que suas mães derramem lágrimas, para que anjo nenhum morra ou caia do céu.

Por ter estado sem pai nem mãe por tanto tempo, Belzinha aprendera a cuidar muito bem de si: pagava suas contas, fazia sua comida, lavava sua roupa na lavanderia da esquina, deixava seu pequeno apartamento sempre muito bem limpinho, arrumava a cama enorme para seu tamanho mínimo e, nessas horas, percebia uma certa ausência, pois havia espaço suficiente sob os lençóis para duas pessoas, o que significava que naquela cama caberia, além dela, que era bem pequena, pelo menos mais uma pessoa e meia. Não importava a quantos andasse sua auto-estima (e andava alta, pois descobrira as delícias do amor de Narciso), mas quando arrumava a cama e via aquele espaço enorme, vazio, sentia uma pontada no coração e não sabia bem o que era aquela dor: se sua mãe chorava, se um anjo caíra ou se sentia falta de uma menina.

Lelê e Fê andavam sumidas, entretidas com suas respectivas namoradas, naquela fase típica em que as meninas perdidas apaixonadas somem para dentro de um quarto por duas semanas, pelo menos. Aquelas duas só saíam de casa para se atirar na pista de Neverland, tendo sido lá que se enamoraram. Porém, Belzinha nunca mais voltara ao clube e se sentia abandonada pelas amigas, com pontinhas de inveja e ciúme inconfesso, que fizeram com que tocasse Marilyn Manson e pensasse na mater dolorosa. Saco, ela praguejou, pois a tristeza não durava muito tempo e logo dava lugar à irritação, sendo a tristeza um sentimento muito grande, profundo e que Belzinha não tinha dimensões adequadas para suportar, o que era bom, pois nunca ficava muito triste, mas também não dava conta da felicidade plena, que a sufocava e enchia seus pulmões a ponto de não deixá-la respirar, o que era ruim.

Assim, banhando-se em águas tépidas, evitando calores excessivos e frio congelante, bastando-se, Belzinha passou um ano sozinha e mais seis meses se amando e não percebeu que sua cama, a cada dia, aumentava de tamanho. Saco, ela repetia, e depois de arrumar tudo na casa ficou sem ter o que fazer, sentou-se na cama, abriu a gaveta da cabeceira e pegou o bilhete que havia recebido em Neverland poucos dias antes. Não havia voltado lá porque imaginava que se sentiria muito só, agora que Lelê e Fê só pensavam em suas namoradinhas. Sentia inveja e ciúme, essa era a verdade. Belzinha sabia que Lelê só tinha olhos para Patty e que Fê não lhe faria companhia, pois àquela altura já se candidatara para ajudar Debby na administração da casa, conferindo o caixa, a encomenda de bebidas, a programação, escalava DJs e já estudava a possibilidade de entrar como sócia em Neverland, embora aquilo fosse um delírio, pois era dura e não tinha dinheiro, apenas os braços fortes, gordinhos e tatuados até os cotovelos e muita vontade de trabalhar. A ruiva se tornara praticamente funcionária da casa, sem tempo para conversas longas, o que não significava que não pudesse dedicar um minutinho à amiga entre duas funções, mas isso seria pouco para Belzinha, que poderia recorrer a outra amiga. Mas que amiga? Um ano sozinha e seis meses se amando a transformaram numa pessoa muito cool para a canalha e preciosa demais para desperdiçar seu talento com os outros, o que a afastou de todas as meninas, fazendo com que somente aquelas duas, Fê e Lelê, permanecessem ao seu lado, não porque fossem muito boas, ou abnegadas, mas porque não acreditavam na superioridade ou no distanciamento de Belzinha. Elas simplesmente gostavam da amiga e a carregavam para tudo quanto é canto, como adereço, souvenir ou amuleto, porque mesmo pequena Belzinha chamava atenção dos mais perspicazes, era bonitinha, dizia coisas inteligentes, era divertida quando tocada no lugar certo e tanto Fê como Lelê sabiam onde tocá-la.

Porém, as duas estavam indisponíveis e, embora Belzinha soubesse que não era esse o verdadeiro motivo para não ter retornado a Neverland, preferia justificar suas atitudes pelas das amigas, pois não conseguia, não queria ou não admitia que aquele bilhete houvesse provocado alguma coisa, acordado um verme que hibernava em seu estômago e que conhecia bem, porque se esforçara para calar, para esquecer e soterrar – um comichão na barriga só de pensar na possibilidade de se apaixonar novamente. Ela leu o bilhete pela enésima vez: eu estou olhando para você, justo neste momento; você não sabe quem sou, mas estou de olho em você, a menina mais deliciosa deste lugar; um dia irei me revelar e deixar de ser apenas uma admiradora secreta. Não era grande coisa, ela admitiu, não sentindo o mesmo impacto da primeira vez que lera a mensagem, achando-se bobinha agora por ter pensado que poderia se apaixonar por uma menina (maldito comichão!) só porque ela estava de olho e mandara um torpedo. Além do mais, ponderou, bilhetes anônimos não eram confiáveis, pois se alguém não quer se revelar é porque tem alguma fraqueza, e aquela admiradora secreta poderia ser feia, ou era um homem (mas não havia homens em Neverland!), ou covarde, ou muito tímida, o que não era tão mau, mas timidez tinha limite. Belzinha pensou, ela mesma sendo um pouco tímida, porém sentindo que jamais mandaria um torpedo e que preferia ser plâncton, flutuando ao sabor das ondas até que alguém a colhesse. Definitivamente: jamais mandaria bilhetes!

Não, ela era superior para mandar bilhetes e, sentindo-se assim, altiva, nobre, inatingível (pois aqueles torpedos eram capazes de penetrar a redoma sem, contudo, furar a carcaça), Belzinha deixou o bilhete de lado e ocupou suas mãozinhas com o próprio corpo, se achando o máximo, acariciando-se por baixo da blusa, por dentro da calcinha, e imaginando-se uma deusa tocada pelas mãos de três ninfas (ela que era ágil e sabia multiplicar seus toques) que cantavam roucas ao seu ouvido, lambiam seu clitóris, seus seios pequenos e a sua nuca, sobre a vírgula, tudo ao mesmo tempo, coisa que acreditava só aquelas moças sabiam fazer. Belzinha adorava imaginar-se sendo comida por fadas, nereides, valquírias, e até mesmo santinhas do pau oco, que habitavam seu mundo de fantasia onanista porque talvez nunca tivesse abandonado as páginas das histórias infantis, pois pequena assim, sempre fora tomada por criança. Nos últimos tempos, as ninfas das águas doces eram as que apareciam para satisfazer seu desejo, e eram sempre três porque, depois de um ano sozinha e seis meses se amando, Belzinha foi precisando, cada vez mais, de mais elementais para lamberem seu sexo, pequeno e saboroso como frutinha selvagem, vermelha, que manchava a língua, marcava o paladar, mas nunca se sabia quando ficaria doce e em que estação se tornaria amarga.

E estava amarga naquela hora, pois três ninfas não haviam sido suficientes para saciar o seu desejo e, embora Belzinha tenha gozado um pouquinho, não fora sensacional, ela não havia ficado plenamente satisfeita, acabou sentindo falta de um beijo e ficou se perguntando por que as ninfas nunca a beijavam na boca. Saco, repetiu Belzinha, olhando para as paredes, para a casa arrumada e depois para o bilhete no chão. Estendeu a mão e tirou da gaveta o segundo, que guardara com o outro: eu me apaixonei; virei aqui todas as noites para te ver; talvez revele quem sou; vai depender de você. Foda-se! Ela se levantou, entrou no chuveiro e decidiu que iria para Neverland de qualquer jeito, mesmo sem Lelê, mesmo com Fê na dela, mesmo com ciúme, inveja e medo, mesmo que ficasse sozinha naquele lugar, amuada e infeliz. Belzinha percebeu que estava só, que nem uma legião de ninfas a faria feliz naquela hora e, antes que desacreditasse totalmente em suas criaturas invisíveis (pois então perderia tudo o que lhe restava), preferiu tomar uma atitude e sair de casa. Ela iria se arriscar, decidiu, e o risco era a linha que começava naquelas mal traçadas palavras e terminava na pista de Neverland, passando, necessariamente, por seu coração remendado.

7
Neverland

Quando ficamos curiosos a respeito do mundo, o mundo se abre para nós. Não é mágica: como num jogo de espelhos, cada gesto nosso, mesmo que distorcido, mal compreendido ou bem interpretado, é rebatido em algum lugar, refletido de alguma maneira em alguma face lisa ou levemente curvada, mas suficientemente espelhada para que possamos reconhecer a nós e a nossas atitudes. Até mesmo os bebês parecem saber do que um sorriso largo é capaz, chamando a atenção de suas mães com simpatia, ganhando por isso carinho, seios e cuidado, recorrendo a uma estratégia que é muito mais eficiente que a indiferença, seduzindo adultos com suas bochechas gordinhas, talhadas para as expressões alegres. E se sabem sorrir desde os primeiros dias é porque o sorriso é um instinto, nada que se aprenda, mas uma ferramenta essencial para obter gentileza em troca, o que nos leva a pensar que nos tornamos capazes de usar o sorriso para sobreviver – uma arma tão básica e necessária como mostrar as garras, urrar de fome e gritar de medo.

Belzinha já havia escutado em algum lugar que quem não chora não mama, contudo permanecera tempo demais chorando, berrando e gemendo até tornar-se indiferente e, mesmo assim, nenhum peitinho havia aparecido para dar de mamar a ela, de maneira que talvez fosse o momento de sorrir para o mundo e quem sabe o mundo lhe retornasse na mesma moeda. De fato, adentrando Neverland naquela noite, sentiu as coisas diferentes. Primeiro Black Debby a recebeu com um forte abraço, demonstrando um apreço sincero, tentando compensar o trauma dos bilhetes que sabia, afastara Belzinha de Neverland. Mas, como era clarividente, não sentia remorso, pois sabia aonde aquilo tudo ia dar, o que não significava permanecer indiferente e por isso o abraço apertado na pequenina que retornava. Em seguida, Fê fez a maior festa, cobrindo a amiguinha de vivas e loas, sem culpa pela brincadeira dos bilhetes, pois não se lembrava mais deles, entretida estava com seu namoro recente e sua função em Neverland, que lhe consumiam tempo e por isso tudo aquilo significou só saudades e alegria por seu retorno. Enfim, e muito mais entusiasticamente, Lelê praticamente jogou-se a seus pés, excessiva como sempre, louca de saudades e de remorsos, mas confessando saudades apenas, pois Belzinha a cortaria em pedacinhos se soubesse da brincadeira (e na certa, queria crer, a pequena já esquecera o assunto). Porém, a sedutora reclamou, dizendo que só não entendia porque a amiga não havia ligado mais para ela e não aparecera desde aquela noite em Neverland.

Sorte Belzinha ter resolvido não tirar o sorriso do rosto, de outra feita teria sapecado uma bifa em Lelê. Era só o que faltava, ela se enfiava na casa da nova namorada, não dava um telefonema e depois vinha perguntar porque Belzinha não havia ligado? Puta! Um, dois, três, quatro, Belzinha iria contar até vinte, mas não iria perder aquele sorriso por nada, cinco, seis, sete, pois sabia que havia coisas que Lelê dizia que deviam ser ignoradas, oito, nove, hedonistas eram sempre assim, dez, onze, doze, mesmo protótipos como Lelê, treze, para quem nada, catorze, fora da esfera de seus interesses, quinze, existia, dezesseis, dando bola só para quem desejava, dezessete, e pelo jeito agora, dezoito, toda atenciosa, dezenove, desejava só lhe agradar. Pronto! Nem foi necessário chegar a vinte, e Belzinha baixou a guarda, abriu os braços, disse que havia estado meio assim, mal-humorada, mas nada sério, nem nada a ver com Lelê, que por sua vez se sentiu aliviada com a mentira gentil da pequenina e apertou-a contra o peito. Belzinha, aninhada no abraço da amiga, revelou que estivera tristinha, mas que agora a má fase havia passado. Ao vê-la assim, tão disposta a melhorar, Lelê pegou com as mãos seu rosto, olhou bem em seus olhos, deu um beijo cheio em sua boca e falou, daquele jeito doce que só ela sabia, que era sempre bom rever as amigas e que sentia muita falta dela, a melhor de todas. Belzinha, comovida, acreditou em tudo, pois sentiu que aquilo era sincero e deixou escorrer uma lágrima, que por pertencer a ela, tão mínima, era imperceptível.

Massagem no ego e calor no coração. Era tudo isso o que Belzinha precisava, a dose exata para sustentar sua auto-estima e prova cabal da eficiência de sua nova estratégia: responder a tudo com um sorriso. E assim prosseguiu na noite, sorrindo para todas as meninas de Neverland e recebendo de volta uma infinidade de gentilezas, de olhares curiosos, pois todas queriam saber quem era aquela menina pequena e simpática, de cabelos tão claros e curtos, de sorriso tão radiante, que parecia iluminar o espaço em volta, tão alegre estava. Nem Lelê acreditava na transformação, pois nunca vira a amiga tão solícita e desinibida, conversando até com meninas desconhecidas.

O que Lelê não sabia é que, mais que distribuir simpatias, Belzinha queria obter informações, pois estava determinada a descobrir quem era a sua admiradora secreta. Assim, a pequena respondeu a todo sorriso com mais sorriso e um convite para dois dedos de prosa e, conforme a noite avançava, acumulava dados em sua cabecinha: a de cabelo crespo, a moreninha, a de fivela no cabelo, a carequinha, a da camiseta regata e a da calça cagão, que foram as que mais rápido responderam aos seus acenos, eliminou de sua lista, pois de nenhuma delas poderia ser a missivista porque eram muito saidinhas, assanhadas, dadas, exibidas e, portanto, jamais precisariam escrever um bilhetinho anônimo. E continuou: a altona, a da cicatriz na bochecha, a que parecia uma boneca, a de óculos de gatinho, a peituda, a de gravata e a de bermudão foram mais difíceis de chamar para uma conversinha, embora respondessem aos seus sorrisos, sendo, por conseguinte, boas suspeitas. O único problema, Belzinha pensou, é que elas tiveram chances suficientes para se revelar, pois a pequenina havia sido tão simpática que admiradora alguma, secreta ou não, resistiria. Belzinha jogou verde, dizendo que adorava receber torpedinhos, que se excitava, mas que se excitava mais quando as autoras se revelavam, pois caía em seus braços imediatamente. Mesmo assim, contando essas histórias, criando um cenário propício para que a missivista se revelasse, nenhuma delas abriu o jogo, não porque escondessem algo, mas porque obviamente não sabiam de bilhete algum.

Contudo, havia aquelas meninas que responderam aos seus sorrisos, mas não se aproximaram, nem entenderam seu convite para uma conversinha ou dois dedos de prosa (ou se compreenderam seus sinais preferiram permanecer distantes): a da tatuagem de caveira, a do nariz adunco, a de piercing no queixo, a do gorro enfiado até as orelhas, a que parecia top model e a DJ Índia do Xingu. Todas suspeitas! Belzinha eliminou as anteriormente listadas, mais suas duas amigas, as respectivas namoradas, a garçonete que entregara o segundo bilhete, de maneira que além da menina que ficava no caixa (que ela iria checar na saída), aquelas seis pareciam ser ótimas apostas, e Belzinha investigaria cada uma delas até descobrir qual era a autora dos torpedos.

Claro, ela sabia que havia garotas lá que não haviam respondido aos seus sorrisos, mas uma admiradora que não respondesse aos seus sinais seria uma pessoa neurótica, e pessoas assim, refletiu Belzinha, talvez fosse melhor nem conhecer. Assim, passou a noite jogando charme apenas para aquelas seis, que não se aproximavam jamais: dançou muito para chamar a atenção da DJ, que apenas sorria, levantava os braços e tocava uma boa atrás de outra (muita areia para o meu caminhãozinho, Belzinha pensou e a descartou); flertou com a de nariz adunco, que ficou tímida, atrapalhada, pegou suas coisas e foi embora logo; tentou localizar a de piercing no queixo, mas ela sumia de repente, embora aparecesse minutos depois em outro canto, o que fez com que Belzinha passasse a noite circulando, lépida, dando a maior sopa em Neverland; quando pediu um cigarro para a menina da tatuagem de caveira e comentou a foto bagaceira do maço, descobriu que a mina era analfabeta e a eliminou da lista, embora fosse simpática e valesse a investida num futuro próximo, quem sabe, mas não agora, pois havia se proposto a outra coisa; nem ousou aproximar-se da menina com pinta de top model, pois tão linda, estava superassediada, e Belzinha sabia que era mais cool ficar na dela, pois mesmo que sua auto-estima andasse em alta, achou que jamais conseguiria beijá-la e comê-la ao mesmo tempo, tão comprida; por último, sentiu um certo nojo da que enfiava o gorro até as orelhas, pois a menina parecia um gnomo, e Belzinha morria de medo deles, não sabia bem por que, embora adorasse ninfas.

Depois de investigar por horas, desfilar seu charme e sua graça por Neverland, espalhando seus atrativos de maneira indireta e difusa, Belzinha, que mirava no que via, acabou acertando o que nunca fez questão de ver e atraiu todas aquelas fáceis: a de cabelo crespo, a moreninha, a de fivela no cabelo, a carequinha, a da camiseta regata e a da calça cagão, que logo a rodearam, crentes que eram elas as destinatárias da graça e do charme de Belzinha, que por ser tão pequenina, foi ficando cada vez mais sufocada pela roda de novas fanzocas, todas de queixo caído, coração entregue e armas depostas. Elas passaram a idolatrá-la tanto, e grudaram de tal maneira, que Belzinha não pôde mais procurar por outras suspeitas e permaneceu respondendo aos sorrisos daquelas meninas, fiel a sua nova conduta, que não sabia se surtiria efeito, mas àquela altura isso não importava porque gostava tanto de ser adulada e havia tantas à sua volta dizendo que ela era o máximo, que não se incomodou com aquilo e relaxou, dizendo para si que era muito natural uma rainha ter sua corte.

Assim deu-se a transformação de Belzinha numa pessoa alegre, espirituosa e confiante, e embora a pequena já fosse assim antes, somente Fê e Lelê sabiam disso, tão reservada estivera nos últimos tempos. Tudo (quem diria!) por causa daqueles bilhetes, que despertaram o seu interesse para o mundo. Embora Lelê não suspeitasse o alcance da sua brincadeira, se alegrava ao ver a amiga tão animada, cercada de admiradoras confessas das quais desvencilhou-se por um breve momento para vir se sentar no lounge ao lado dela e de Patty, com um sorriso enorme no rosto, excitada, pois acabara de achar (vejam só!) um novo bilhete de sua admiradora secreta grudado no espelho do banheiro quando lá estivera para retocar o batom.

Lelê levou um pequeno susto, pois sabia que não escrevera mais nenhum bilhete e tentou imaginar quem mandaria outro torpedo para Belzinha. Achou que talvez Fê tivesse continuado a brincadeira, ou Black Debby, mas elas não fariam isso sem consultá-la, pois Lelê tinha uma certa ascendência sobre as duas, de modo que foi tomada por uma enorme curiosidade e arrancou o bilhete das mãos de Belzinha, que se surpreendeu com a sofreguidão da amiga. Para a menina com a tatuagem de vírgula na nuca, leu Lelê, desdobrando o papel em seguida. Você está vendo, Belzinha apontou o bilhete, ela escreveu quase a mesma coisa, só que mais enxuto: eu estou de olho em você. Assinado, uma admiradora secreta.

Quando Lelê já imaginava que aquilo poderia mesmo ser obra daquelas duas, Fê e Black Debby apareceram do nada, se sentaram ali, e Belzinha, excitada, pegou o bilhete das mãos de Lelê e mostrou para as meninas. Black Debby fingiu-se surpresa, pois sabia aonde tudo ia dar, mas Fê não precisou fingir, pois se surpreendeu de verdade e olhou com espanto para Lelê, como dizendo que não havia feito aquilo, ao que a outra respondeu gesticulando que era inocente. As duas ficaram perplexas com a coincidência, pois, embora fosse improvável Belzinha receber um torpedo pela segunda noite seguida, era praticamente impossível que alguém repetisse, quase que exatamente, as palavras que elas haviam escrito antes.

Lelê ficou confusa e, na primeira oportunidade, puxou Fê e Debby num canto para confirmarem se haviam escrito aquilo (não escreveram) e discutirem se contavam ou não à amiga que inventaram os dois primeiros torpedos. Fê, no entanto, ponderou que Belzinha estava tão feliz (para que estragar?) e Debby concordou (iria dar tudo certo, não haveria de ser nada, admiradoras secretas existiam em todo lugar, até nos mais inimagináveis), de maneira que Lelê apaziguou sua aflição, livrou-se do peso de sua consciência, resolveu que fazia o melhor para a amiga e decidiu esquecer aquela história de bilhetes.

Belzinha, porém, pensava mais e mais naquilo. Mesmo depois que Fê e Debby se retiraram para seus afazeres, quando Patty voltou a se aninhar nos braços de Lelê e enquanto o povo dançava animado e a DJ tocava para sua corte se jogar na pista, a pequena não conseguiu deixar de pensar no novo bilhete: quem teria escrito aquilo?

8
Ray-ban

Ela vira tudo aquilo por trás de seus óculos Ray-ban. O baseado ia queimando lentamente enquanto recordava, de maneira sintética, aquelas últimas três semanas que passaram tão rapidamente desde que estivera pela primeira vez em Neverland. Para não se esquecer de nada, resolveu fazer anotações, primeiro sobre a pequena com a tatuagem de vírgula na nuca, de cabelos tão claros como areia do deserto: nunca mais havia aparecido no clube até surgir, uma noite, toda sorrisos, completamente diferente e tão simpática e radiante que acabou arrebanhando uma corte de admiradoras; depois daquela noite não parou mais de sorrir e jogar charme embora não namorasse ninguém; suas cortesãs se apinhavam a sua volta, caíam de joelhos, ofereciam anéis e presentes, juravam amor e choravam pelos cantos, mas nada parecia ser capaz de comover o coração da pequena, que mostrava estar gostando muito daquela brincadeira cruel de atrair meninas apaixonadas apenas para fazer doce depois; ela ficou famosa em Neverland; metade das meninas dizendo que ela era uma deusa e a outra metade, o próprio demônio.

Apagou o baseado e continuou, agora sobre a ruiva redonda: ela parecia estar feliz, a não ser pelo excesso de trabalho; era vista de um lado para o outro liberando nomes na porta, tratando com garçonetes, conferindo o caixa e apartando brigas na pista, pois era comum acontecer um barraco ou outro. Deixou a caneta de lado e lembrou-se de uma noite quando apareceu em Neverland a ex-namorada de uma das garçonetes, que tentou entrar sem ser convidada e a ruiva redonda teve que intervir, mostrando seus braços fortes e gordinhos, tatuados até os cotovelos, para meter medo na sujeita, o que não adiantou nada porque a ex da garçonete, que estava furiosa, era visivelmente mais forte, uma dessas sapatonas que as americanas chamam de diesel dyke e que no Brasil é caminhoneira mesmo, pois realmente, lembrou-se, a ex da garçonete dirigia uma picape que deixou na rua com o motor ligado, porque tinha certeza de que resolveria as coisas rapidamente, o que para ela significava entrar em Neverland, catar a ex, metê-la no carro e levá-la embora daquele lugar. Parece letra de música brega, mas é verdade: lesbian drama é uma coisa muito cafona, assim como coração de menina.

Cenas de ciúme são freqüentes onde bandos de meninas perdidas se encontram, mas só porque onde as meninas se encontram há muito sexo, flerte, colo, ombro, seios, língua e beijo. Neverland estava se tornando um clube famoso, e por isso as meninas que não o freqüentavam (caso da caminhoneira encrenqueira) pareciam morrer de inveja das que tinham a sorte de serem admitidas lá. Elas passavam madrugadas na porta, esperando que alguma graça as contemplasse, mas Graça mesmo já estava lá dentro. Como a gerente não era cruel, e para que o público não ficasse muito repetitivo e restrito, a casa abria vagas para novas freqüentadoras. O critério mudava bastante e, numa determinada noite, por exemplo, estipulou-se que quem fizesse o melhor número de go-go-girl teria seu passe garantido. Assim, dezenas de garotas desfilaram no palco, enquanto a DJ Índia colocava um som eletrizante para que elas dançassem, mostrando se eram dignas ou não de Neverland. Ela se lembrava bem desta noite, porque percebeu, através de seu Ray-ban, os olhos gulosos da menina com a tatuagem de sereia nos peitos de uma das candidatas, uma garota espetacular, com um corpo escultural, tão negra como uma noite sem lua, e que deu um pequeno show no palco, contorcendo-se toda, supersensual, uma deusa de cor de petróleo, que foi ovacionada, eleita por unanimidade e que, agradecida, voltou ao palco para mais duas exibições inesquecíveis. Foi uma sorte a menina da tatuagem de sereia estar sozinha naquela hora, pois comia com os olhos os peitos da dançarina, e se a namorada visse aquilo, certamente haveria outro barraco em Neverland.

Se havia algo vantajoso na maturidade era essa capacidade de prever as coisas, ela pensou, imaginando que aquele namoro entre a menina da tatuagem de sereia e a outra sem tatuagens aparentes já estava indo para o brejo, pois pôde perceber o fogo nos olhos da sedutora enquanto desejava a dançarina e não via mais entre as namoradas aquela eletricidade de antes. Mas, engraçado, as duas não pareciam se dar conta disso, do quanto se afastavam, coisa que ela, uma estranha, uma observadora anônima, podia perceber tão facilmente, mesmo estando distante. Não deixou de sentir uma certa tristeza por prever o fim do namoro, primeiro porque rompimentos são tristes, e depois porque percebeu que podia prevê-los assim, com frieza e distanciamento. Como as meninas perdidas são cruéis! Ela não pensava apenas na garota, mas também nela mesma, que em plena crise dos quarenta parecia cruel e egoísta, vivendo a vida daquelas meninas sem sequer se aproximar.

Atormentada, apagou a luz e tentou dormir, mas não conseguiu, pois permaneceu horas rolando na cama de um lado para o outro, pensando se teria agido corretamente ao mandar aquele bilhete para a menina com a tatuagem de vírgula na nuca. Contudo, considerou depois que era melhor lidar com sua misantropia de maneira delicada e que aquele bilhete havia sido apenas uma vontade de contato que deixara escapar, pois se ainda sofria de solidão já começava a manifestar os primeiros sintomas da cura: seu interesse por aquelas duas. Então se sentiu livre para pensar nelas sem culpa: a da tatuagem de vírgula na nuca, que ficava excitada com bilhetes e paparicava uma corte, e a da sereia no braço, que pressentiu, iria se meter numa confusão daquelas terminadas em tapas, como terminou o drama da caminhoneira, que embora tivesse acertado a ruiva redonda em cheio, fora imobilizada pela DJ Índia, craque em pelo menos três técnicas de defesa pessoal, que colocando a outra a nocaute soltou um grito de guerra (Yamurikumã!), chamou todas para a pista e tocou como nunca.

9

Lelê e Belzinha

Prefiro morrer de vodca do que de tédio! Lelê estava chata pra caramba e desabafava para Belzinha num bar qualquer, bebendo uma vodca atrás da outra. Quando estavam com algum problema e precisavam achar uma solução, elas se encontravam para conversar, por horas, até encontrar uma saída ou pelo menos desafogar suas mentes atrapalhadas. Lelê estava com tédio e justificava sua gana de pileque com Maiakovsky, pois tudo o que fazia deveria ser grande, todas suas paixões derradeiras, cada dia o último, todo minuto saboroso e cada gosto uma novidade, mas já não sentia as coisas assim e sua vida estava pequena, opaca e monótona.

Eu não acredito que depois de um mês e meio você já tenha perdido o interesse! Belzinha acreditava, claro, que Lelê havia perdido o interesse em Patty, mas procurava mostrar-se exasperada, pois jamais esqueceu como havia ficado arrasada quando Lelê terminara com ela. Não gostava de se lembrar, mas essa mania de Lelê, de terminar cedo demais com as meninas e sempre vir desabafar com ela, fazia com que Belzinha recordasse, mesmo que não quisesse, aquele final patético que tiveram.

As duas chegaram a morar juntas, e isso acontece com quase todas as meninas perdidas, pois elas não vêem sentido em dormir em camas separadas ou casas separadas se seus corpos vivem mesmo grudados. As meninas perdidas, quando se apaixonam, mais se parecem irmãs xifópagas, atadas pelos quadris, de maneira que andam aos pares e protegem-se mutuamente, fazem votos de amor eterno e grudam uma na outra porque sentem que sempre estiveram grudadas mesmo. Mas nem todos os amores duram tanto, é verdade, e algumas meninas se separam de vez, embora outras permaneçam coladas por séculos. Belzinha havia jurado que iria ficar com Lelê eternamente (boba, bobinha que era!) e não percebeu que embora Lelê também acreditasse na eternidade daquele namoro (bobinha!), isso não impediria que o amor terminasse. Se as duas fossem crescidas perceberiam que nenhum amor é eterno a não ser aquele que se prolonga, indefinidamente, sabendo-se efêmero – e que por isso é preciso descartar a ilusão da eternidade. O amor pode, sim, ser infinito, pois parece crescer como o universo, mas não é eterno. O amor acaba.

Belzinha, por saber que Lelê acreditava no amor para sempre, havia perdoado tudo. Ela sabia que não tinham culpa por serem tão tolas, mas ficara profundamente sentida por Lelê ter deixado primeiro que o amor morresse, pois então Belzinha ainda estava apaixonada e querendo mais. Não fosse viver numa espiral de engano ascendente, erguendo-se aos píncaros de seu castelo de vento, ela teria notado o ar de fastio que já havia começado a tomar o semblante da namorada, que, numa tentativa de salvar o relacionamento, levou a pequena para uma viagem à montanha. Lelê reservou o chalé mais afastado, alugou material de alpinismo, contratou uma profissional para guiá-las e escalou com Belzinha e a dita cuja o Dedo de Deus (que era como se chamava a montanha), mas não foram ao pico, porque no meio da escalada Belzinha descobriu que Lelê já conhecia a profissional de outros carnavais, ao pegá-las transando atrás de uma moita, depois de mandarem a pequena encher seu cantil com um fio de água que caía de uma bica seca a seiscentos e cinqüenta metros dali. Patético. Além de flagrar a namorada de calcinha abaixada no Dedo de Deus atrás da moita com a dita cuja, tiveram que voltar juntinhas montanha abaixo mais de trinta quilômetros de picada, pois tanto Lelê como Belzinha dependiam da profissional putinha para guiá-las de volta. Foi horrível! Essa história vinha à mente de Belzinha toda vez que Lelê terminava um namoro. Por isso, mesmo sabendo que era muito natural Lelê perder o interesse tão rapidamente, fazia questão de mostrar-se indignada, pois era fácil sentir em sua própria pele o desastre ambulante que era Lelê, que parecia não se tocar disso.

Não é que eu tenha perdido o interesse, mas não é mais a mesma coisa, entende? Claro que Belzinha entendia: nada é sempre a mesma coisa. Não, não é isso que eu quero dizer, Lelê explicou, falando arrastado e confundindo as palavras. O que eu quero dizer é que não acontece nada de novo – é sempre a mesma coisa, entende? Claro que Belzinha entendia: Lelê não queria que as coisas fossem as mesmas. Não, Lelê esclareceu: ela queria que o amor fosse o mesmo. Não que não gostasse mais de Patty, que era uma pessoa bacana, generosa, que deu uma puta força para ela nesse último mês e meio, Lelê admitia, mas alguma coisa havia mudado e ela não conseguia mais ver a mesma Patty que via antes. Já aconteceu com você? Lelê queria saber se Belzinha já havia sentido isso – uma sensação de acordar de manhã e não reconhecer a pessoa que estava ao seu lado – e pensou que havia muita gente que se sentia assim após uma noite, então, por que ela seria canalha por sentir isso depois de um mês e meio? Mas Belzinha não entendia. Isso nunca acontecera com ela -- acordar um dia e não enxergar mais a pessoa por quem havia se apaixonado – pois se apaixonava por pessoas e tinha a nítida impressão de que Lelê se apaixonava por projeções de si mesma. Tão exuberante, egoísta, excessiva e intensa, Lelê pintava com suas cores as amadas e, quando elas desbotavam (pois Lelê não pegava mais em seus pincéis, não coloria suas faces e nem tingia de branco suas coxas), perdia o interesse nelas, tão apagadas se tornavam, e finalmente as abandonava.

Agora era a vez de Patty: antes gostosa, tornou-se grude; fofa, transformou-se em chata; sábia, virou um nada; forte, tornou-se rude; terna, virou otária; bela, transformou-se fera, e Lelê não sabia mais quem ela era. Antes saíam para dançar, e Lelê não olhava o mundo a sua volta, pois tudo no mundo era Patty, para Patty, em função de Patty e por causa de Patty. Mas, outro dia, acordou e viu-se no trânsito olhando para uma mulher no carro ao lado, linda, e naquele mesmo dia esbarrou numa colega que piscou para ela, não sabia bem por que, talvez porque irradiasse amor, farta de sexo e Patty, depois sentiu seu clitóris inchar, sem querer, sem ser com Patty, e se sentiu culpada, brochou e, quando encontrou a menina novamente na hora do lanche e do cafezinho, não conseguiu deixar de olhar para ela e testar se a velha e boa cantada da Lelê ainda funcionava. Funcionava, claro. Só Lelê parecia duvidar de seu encanto e talvez por isso vivesse testando seus dotes de sedutora – ou então o que seria essa coceira que sentia toda vez que uma mulher bonita olhava para ela?

O problema é que você tem a periquita acesa, disse a amiga. Belzinha tentava ser razoável, mas Lelê pediu mais uma bebida e retrucou, desta vez parafraseando o poeta, que preferia morrer de vodca e periquita acesa que morrer de tédio. E quem era Belzinha para falar, ela que estava quase virando monja, só na punhetinha, imaginando fadas, ninfas e fodinhas com elfos, ao que Belzinha se enfezou: elfos não, nem gnomos, nenhuma dessas criaturas horrorosas, nem cisnes, nada disso, e fechou a cara e as duas ficaram em silêncio por um tempo. Elas sabiam que esses debates costumavam ser assim, caíam às vezes nesses fossos e nessas horas era preciso deixar o assunto morrer para que a conversa pudesse continuar. Mas nenhum assunto morria de fato, ou pelo menos não por muito tempo, e Belzinha logo ressuscitou o tema, dizendo que se quisesse teria qualquer uma daquelas meninas que viviam a sua volta e poderia ir para cama com qualquer uma delas, mas de quê isso adiantaria? Adiantaria? Lelê se exasperava por Belzinha achar que sexo tinha que adiantar alguma coisa, como se tivesse que ser útil para alguém. Sexo é sexo!

Era impossível conversar com Lelê bêbada assim. Ela estava violando uma das leis básicas de seus debates, a que limitava a bebida a poucos copos, e Lelê estava no quarto de vodca e nem um Bloody Mary para intercalar. Belzinha já ia propor finalizar aquela comédia quando Lelê virou-se, segurou forte o seu braço e disse, de uma vez só: você precisa saber de uma coisa, Belzinha, que eu te amo como nenhuma outra garota, você é minha melhor amiga, e enquanto amigas ficam, as namoradas vão. Você foi e voltou como amiga, por isso me desculpe, eu não queria te machucar, nem naquela hora nem agora. Eu sei muito bem que você pode ir para a cama com quem quiser porque você é especial, mas por ser especial poucas te alcançam, tão pequena, tão inacessível. Eu já me apaixonei por você, sei como é, talvez você esteja mais certa do que eu, que vou atrás de qualquer uma que me dê bola, então me desculpe. Talvez você não seja freira, talvez você só não tenha encontrado a menina certa, mas

Belzinha, como é que você vai saber se é a menina certa se você não se atirar? Entende o dilema?

Belzinha entendia. Era como se ela e Lelê vivessem papéis opostos: Lelê querendo encontrar a garota certa, tentando e errando, e Belzinha procurando a sua sem tentar, e por isso mesmo não achando, embora acertasse sempre. De qualquer maneira, Lelê prosseguiu, acho uma sacanagem o que você está fazendo com as coitadas que rodeiam você. Belzinha não podia acreditar. Como é que a amiga passava de A para Z assim, num segundo, e ainda mais dando lição de moral só porque queria chifrar a namorada e não tinha coragem de fazê-lo (ainda). Belzinha não iria deixar barato e continuou, dizendo que ela não enganava ninguém, que aquelas meninas a adulavam porque queriam, e ela não alimentava nenhuma paixonite vã, pois sabia as conseqüências disso, ao contrário de CERTAS pessoas que não mediam as conseqüências dos seus atos. Lelê respondeu que ela estava muito enganada, que Belzinha iludia as meninas com esse papo de ser rainha fodinha e as meninas todas se apaixonavam, será que ela não via isso? Belzinha via, mas que culpa tinha? Ela pensou em todas aquelas brincadeiras infantis, levianas, de rainha encantada, corte apaixonada, cavaleira sedutora e admiradora secreta (por que nunca mais recebera bilhetes?) e perguntou-se por que todas as meninas eram tolas, sem perceber que era próprio das meninas perdidas fantasiarem a toda hora, recusando-se a crescer. De qualquer maneira, continuou, Lelê tinha que compreender que sua corte a ajudava a se proteger enquanto o tempo passava, até que estivesse pronta para se apaixonar de novo. Sacanagem, Lelê respondeu, se para ela era passatempo e proteção, para suas damas era paixão e entrega.

Ok. Belzinha admitiu que estava sendo leviana com as meninas e que Lelê, embora sentisse vontade de chifrar a namorada, não havia feito nada, nem fora leviana (ainda). Como não era tão má assim, a pequena decidiu reparar seus erros, pois gostava também de pensar-se boazinha e achou melhor falar com suas cortesãs e esclarecer suas intenções. Resolvida, pediu a conta e sugeriu que Lelê fosse para casa, mas ao ver a cabeça da amiga pousar vagarosamente na mesa, tão bêbada estava, mudou de idéia e ponderou que seria melhor Lelê ir com ela para Neverland, até que o porre passasse e ela pudesse encontrar Patty um pouco mais sóbria.

Neverland! Lelê acordou num pulo, pediu um expresso, foi ao banheiro, pirlimpimpim, voltou espirrando, arrastou Belzinha pela mão, dizendo Neverland, aqui vamos nós, e ninguém vai nos impedir! A pequena foi com ela e achou graça, pois não imaginava que alguém pudesse impedi-las disso. Ah, Lelê!

10
Neverland

Já descobri tudo sobre ela. Claro que Belzinha, antes de resolver seus assuntos, teve que investigar tudo sobre a deusa cor de petróleo que vencera o concurso de dança na outra noite enquanto a sedutora se recuperava do porrinho na base de água mineral e pó de pirlimpimpim, pois suas cortesãs não haviam chegado e a periquita de Lelê já estava acesa. Lelê sabia que não estava em condições ideais para abordar a menina, entretanto tratava-se de uma oportunidade única, pois estava sem Patty por perto e poderia checar se a dançarina valia uma puladinha de cerca, já que não se agüentava mais nas calcinhas, mas também não colocaria chifres na namorada por uma qualquer. Canalhice pensar assim, porém Lelê, safada que era, sentia um negócio, uma coceira, e tinha que conferir a menina. Além disso, se ela não fosse espetacular sabia que voltaria para Patty com mais certeza do seu amor (quanta nobreza, Lelê!) e lembrou-se de um de seus mandamentos básicos: que sua própria felicidade era condição necessária para o bem-estar geral e que, por isso, precisava correr atrás de sua própria felicidade, que não por acaso possuía um belo par de seios.

Ela se chama Barbie, continuou Belzinha, acendendo um cigarro. Disseram que é antropóloga e que quando chega na cidade, nos intervalos entre as escavações, costuma vir para a balada para descontar o tempo entre caveiras e esqueletos de milhares de anos, e que poderia ter solicitado a entrada em Neverland com base nessas credenciais (pois escavar sítios arqueológicos já era uma coisa super cool!) ou então pleiteado o passe por ter sido namorada da DJ Índia (o que seria suficiente), mas preferiu se inscrever para o concurso de dança porque adora se mostrar e tem a mais absoluta confiança em seus dotes físicos, aliás, que corpão, parece que ela mantém a forma apenas na base de muita caminhada e escavação e aprendeu a dançar daquele jeito com as mulheres de uma tribo africana enquanto fazia trabalho de campo no norte do Quênia.

Lelê parecia hipnotizada. Não sabia se havia sido o ritmo ligeiro e cadenciado do relato de Belzinha, sua bebedeira, o pó, ou se estava realmente extasiada com a descrição da tal Barbie. E ela não vem aqui hoje? Lelê já armava o bote. A amiga sabia disso e adiantou que sim, ela viria, pois faria um número especial no palco com a DJ Índia lá pela uma da manhã. Lelê começou a pensar na desculpa que daria a Patty, que esperava em casa pelo seu telefonema para que resolvessem o que iriam fazer à noite, sem saber que Lelê já começara a balada havia muito, que já tinha bebido todas e, recuperada apenas pela metade, armava um bote para cima da novidade. Lelê pegou o celular, mas lembrou que o som ao fundo denunciaria sua presença em Neverland e decidiu sair à rua para ligar.

Quando Patty atendeu, já mal-humorada, Lelê, mais de três horas atrasada, não conseguiu mentir e disse que Belzinha a havia arrastado para Neverland (sempre o bode expiatório), que dali a pouco estaria em casa e Patty não precisava vir – Belzinha só tinha que resolver um assunto rápido e iriam embora em seguida. Patty tentou falar qualquer coisa, mas Lelê não ouviu nada, pois naquele exato momento a tal Barbie chegava pela calçada, lindona, exuberante, sem notar Lelê, de queixo caído e com o celular pendurado na orelha. Alô? Você está aí? Patty falava, mas Lelê não ouvia, claro, pois estava muito mais interessada na deusa que adentrava Neverland. Louca para desligar, disse te amo, um beijo, guardou o celular e seguiu os passos de Barbie como cadela no cio segue cadela no cio.

Todas já haviam chegado. Belzinha olhou ao redor e chamou apenas três de suas damas da corte para perto, pois deixaria as outras para depois (eram muitas e não estava a fim de se cansar!). Disse que iria conversar um assunto sério com elas, mas iria fazê-lo com uma de cada vez, de maneira que elas esperassem ali enquanto ela chamava uma a uma para um tête-à-tête no lounge. Era impressionante a ascendência de Belzinha sobre elas, que obedeciam a tudo como se a pequena fosse mesmo uma rainha abelha, servida por suas cortesãs operárias, e que não impunha nada pela força ou pela crença das súditas em sua superioridade, mas dominava porque havia entre elas aquela comunicação típica da sociedade dos insetos que operam sincrônica e telepaticamente para servir à colmeia e à sua majestade, representada aqui por Neverland e Belzinha, regente magna dos corações apaixonados daquelas meninas.

A rainha fodinha sentou-se e fez um sinal para a primeira (a de cabelo crespo), que se chamava Gigi, de quem Belzinha gostava, mas talvez não tanto quanto a menina gostava dela e, por isso, querendo esclarecer as coisas, numa demonstração de nobre generosidade, perguntou: o que você sente realmente por mim? Gigi, achando que a rainha fodinha perguntava sobre seus sentimentos porque estava interessada neles (e estava, mas não da maneira que Gigi pensava, embora não soubesse ainda) e crente que Belzinha a amava respondeu que sentia o maior dos amores que jamais sentira, que sempre imaginou que Belzinha sentia o mesmo por ela e que finalmente poderiam se abrir uma para a outra (a boca, ela quis dizer), colar um beijo de língua, juntar as escovas de dente e viver uma vida a duas.

Belzinha, espantada com a rapidez com que aquela menina lhe propusera casamento, tratou de colocar um limite naquilo: disse para Gigi que não poderia aceitar o pedido, e lembrando-se do que Lelê havia dito dias antes, respondeu que talvez estivesse fadada a uma vida monástica de irmã carmelita. A pequena não estava certa disso, mas naquela hora a justificativa lhe pareceu uma boa solução para eliminar as expectativas da menina sem, contudo, machucá-la. E de fato Gigi não ficou machucada, mas tampouco baixou suas expectativas amorosas, como se uma paixonite aguda, além de cegar, fosse capaz de ensurdecer, pois disparou a suplicar que se Belzinha fizesse voto de castidade, por favor, a levasse junto e ela faria também, que as duas poderiam dividir a mesma cela no mesmo convento, ajoelhando-se sobre os mesmos grãos de milho, dividindo o mesmo chicotinho e as mesmas penitências, pois haveria muito castigo para lavar todo pecado que haveriam de cometer, jurou sôfrega, quase de joelhos, jogando um olhar de freirinha safada para sua rainha virgem.

Era só o que faltava! Belzinha ficou atrapalhada por um instante, duvidando daquela conversa de surdos, mas achou suficiente ter dito à menina que jamais transaria com ela, mesmo que agora a infeliz alimentasse a esperança de alcançar o sétimo céu entre os muros de um monastério. Dispensou-a e chamou a seguinte: Celly, a moreninha. A menina, vendo a primeira dama da corte voltar com os olhinhos cheios de esperança, achou que a rainha estivesse distribuindo graças e brindes, quem sabe um beijinho no canto da boca, um toque de mãos, um roçar de pernas mesmo sem querer. Então foi logo ter com sua alteza, sentou-se ao seu lado e perguntou: o que vossa majestade deseja? Belzinha adorava esse jeito todo meigo de Celly, tão infantil, brincalhão, e gostava dela como se fosse sua irmãzinha, amor que não era exatamente o que a menina esperava de sua rainha. Tentando desvencilhar-se do corpo de Celly, que vivia pegando em sua mão e se sentando em seu colo, Belzinha interrompeu aqueles arroubos de carinho dizendo autoritariamente: senta direito que eu tenho uma coisa séria para falar! Celly, amuada, encolheu-se e murchou no cantinho do sofá.

É isso que acontece quando se lida com meninas tão infantis e carentes, pensou Belzinha, que teve que se aproximar da menina e depois sorriu, estendeu sua mão, fez um ou dois afagos em seus cabelos, até que Celly se sentisse mais alegrinha com os brindes que arrancava de sua rainha e pulasse em seu colo novamente. Saco, pensou Belzinha, a conversa com aquela ali iria ser mais difícil do que com a primeira! Cecê, veja bem (Belzinha sempre usava Cecê quando queria bajular a menina), eu estou preocupada que você possa estar alimentando sentimentos irreais por mim, entendeu?

Como assim? A menina não entendia. Então Belzinha repetiu em alto e bom som que não queria namorá-la e, tentando expiar toda culpa, perguntou se havia algum dia dado sinais que pudessem ser interpretados como amor, romance ou paixão. Celly, um pouco chocada com a verdade nua e crua, sem, contudo, sair do colo de sua rainha, fungando e se acocorando, respondeu que se apaixonara no dia em que se conheceram. Belzinha, numa roda de amiguinhas, havia dito que gostava de meninas que usavam meias verdes, e ela, Celly, estava usando meias verdes naquela noite e então, claro, aquilo significava que Belzinha, que fora tão gentil e sorrira tanto, queria alguma coisa com ela.

Belzinha quase maldisse a noite em que entrara distribuindo brindes e sorrisos em Neverland, mas não iria fazê-lo, pois sabia que estava mais feliz naquele momento, só no zum-zum-zum, do que no ano que passara a seco, sozinha. Eram ossos do ofício, decidiu, e só precisaria esclarecer aqueles pormenores com suas cortesãs, que deveriam amá-la somente até um certo limite, convenientemente estabelecido por ela. As damas ficariam livres para amar outras meninas, decretou, embora pudessem (e devessem!) render homenagens a sua rainha (ela adoraria!), de maneira que ela também ficaria livre de encargos afetivos, podendo dedicar-se a suas próprias perseguições amorosas, embora no momento não houvesse nenhuma, o que tornava a situação bem mais complexa, pois Belzinha tinha tempo de sobra para dar bola para sua corte, deixando as damas muito mais apaixonadas. Mas como evitar que as meninas se apaixonassem por ela, se ela mesma fora Narciso nos últimos seis meses? Afinal, era a rainha fodinha de Neverland! O problema não era a corte apaixonada, decidiu Belzinha, mas como administrar as expectativas da corte. Paciente, explicou a Celly que aquele negócio dela gostar de meninas que usavam meias verdes havia sido uma coisa de momento, que dissera aquilo levianamente porque, na verdade, cada dia gostava de uma coisa diferente, e não seriam meias verdes que fariam com que se apaixonasse. Um dia era calcinha preta, outro dia sapato de boneca, na semana seguinte cabelo pintado, às quintas anel no dedão, de dia pés descalços, à noite boca molhada e, à medida que Belzinha ia listando a variedade de coisas que gostava nas meninas, tão enorme que serviria de carapuça a qualquer uma, Celly anotava num papelzinho, afoitamente, tudo o que a rainha dizia: a calcinha preta, a boca molhada, os pés descalços, até que disse à sua majestade que aguardasse, que ela iria sair um minutinho, pois iria voando providenciar tudo aquilo e, quando menos esperasse, Belzinha a encontraria com sapatos de boneca, cabelo pintado, anel no dedão e meias verdes, prontinha para enamorar-se.

Haja paciência! Assim que a menina se levantou e saiu, Belzinha cogitou se deveria continuar aquilo, que já não era apenas conversa de surdos, mas um tipo de tortura. Entretanto, àquela altura só faltava uma das três que havia se proposto a convencer naquela noite, de modo que resolveu terminar logo, chamando a última, Verma, com um aceno. Isso mesmo: Verma, a que usava calça cagão e cueca aparecendo para fora. Não era seu nome verdadeiro, que ninguém sabia, mas adotara o apelido quando ingressou numa banda eletropunk que só admitia menina com apelido nojento, e Belzinha gostava dela porque era iconoclasta e de vez em quando cuspia no prato que sua rainha servia. Verma sentou-se ao lado da pequena, mas era tão mais alta que ela que para conversarem frente a frente Belzinha levantou-se e, como Verma sempre se sentava de pernas abertas, posicionou-se entre elas para que se olhassem nos olhos. Percebendo a rainha de pé entre suas coxas, Verma enlouqueceu de tesão e, como era muito moleca, abriu um sorrisinho safado no canto da boca, puxando Belzinha para um amasso bem cafajeste. Ela sabia que Belzinha adorava aquela pegada, mas naquele momento a rainha não estava interessada e tentava se desgrudar dos tentáculos da menina, dizendo que aquilo até que estava bom, mas tinham que conversar sério. Verma, ofendida, recolheu suas ventosas e Belzinha disse de uma vez, antes que sucumbisse novamente àquela tortura, que já experimentara com as outras duas: vamos esclarecer as coisas de uma vez por todas, Verma; eu não vou transar com você!

A menina levantou-se do sofá, deu um leve empurrão em Belzinha e retrucou, despeitada, que ela só fazia doce, que era óbvio que a rainha queria alguma coisa com ela, pois se lembrava muito bem de um dia em que elas se despediram, seus rostos se esbarraram, seus lábios se tocaram e elas se beijaram em cheio, na boca! Ela tinha certeza que Belzinha se recordava daquilo, pois havia sido intenso, embora breve, e se não teve língua foi só porque Belzinha fechou a boca, mas mesmo assim, havia acontecido, e não adiantava dizer que não fora um beijo e que havia sido sem querer, já que Verma não acreditava: foi sem querer querendo! Nem fodendo, Belzinha esclareceu, de sua parte fora só um esbarrão, apenas isso! A cortesã molecona virou o rosto, lamentou, disse pena, sua boca era tão macia! Belzinha, que mesmo que parecesse não possuía um coração de pedra, ficou com dó e, para remediar, disse que também havia achado sua boca macia, embora não tivesse dito, é verdade, que também sentira pêlos no buço, duros e que espetavam. Mas como Verma não lia pensamentos, ela registrou apenas que seus lábios eram macios e que Belzinha, no fundo, gostava dos seus beijos, ainda que roçassem (ai!) apenas a superfície. Verma então achou que aquela era a sua deixa e despediu-se da rainha procurando a sua boca, mas Belzinha, calejada e prevenida, desviou o rosto, e o beijo acertou apenas o cantinho dos lábios, o que foi suficiente para a menina sair com as mãos no bolso, cutucando a xoxota por dentro, e com um leve sorriso safado na boca.

Finalmente sozinha no lounge, Belzinha teve a sensação de que aquelas conversinhas haviam sido inúteis, mas pelo menos, pensou, tentara, e sua consciência estava limpa agora, pois dissera claramente que não namoraria nenhuma delas. Sentindo que cumprira seu dever, esfregou as mãos como se as lavasse (e realmente as lavava), pois quem era ela para decidir pelas outras, e se as outras queriam porque queriam se apaixonar por ela, quem era ela para impedir? Assim, disse para si mesma, de maneira curta e grossa: pronto, resolvido!

Mas de resolvido mesmo não havia nada. Belzinha mais parecia um globo de espelhos de boate, refletindo todo e qualquer desejo daquelas meninas, lavando as mãos e deixando que elas entendessem o que bem entendessem, que vissem apenas amor, amor e amor refletido nos cacos luminescentes, sem saber que o que viam era apenas seu próprio amor refletido, pois a rainha fodinha não as amava daquele jeito e apenas girava, distribuindo luz que não era sua e espalhando ilusões pela pista para as desavisadas. Um dia, porém, o globo se quebraria e ela deixaria de refletir os desejos do mundo, mostrando quem era, para que viera e o que, afinal, queria. Mas isso era o futuro. Agora, Belzinha ainda era o globo.

Belzinha a procurou por um tempão. Onde estaria Lelê?

11
Ray-ban

Quando alguém resolve observar uma cena que acontece à sua janela, debaixo de seu nariz, isso pode ser chamado voyeurismo? Claro, ela sabia que havia ido a Neverland deliberadamente, sabia que iria encontrar muitas meninas por lá e apesar de só observar não achava isso voyeurismo, porque quem vai a um lugar público como um clube noturno para lésbicas sabe que irá se expor, e aquelas meninas estavam ali para serem vistas e apreciadas. Ela, apesar dos óculos que cobriam sua face, colocados justamente para que se escondesse, sabia que também estaria exposta mais cedo ou mais tarde. Ou não?

Algumas coisas muito estranhas começaram a acontecer naquela noite, quando estava no banheiro e a menina da tatuagem de sereia entrou ali com a black dançarina. Ela estava lavando as mãos, quando as duas entraram e trancaram a porta sem se dar conta da sua presença. Esquisito aquilo: era como se ela não estivesse lá, pois a menina da tatuagem de sereia e a black logo começaram a dar uns malhos ali mesmo, na sua frente. Claro, ela ficou constrangida e quis sair dali, mas a black pressionava a menina da sereia contra a porta trancada, e como não havia nenhuma outra saída além daquela, ela, espectadora involuntária, ficou sem ter por onde sair. Ela até deu uns pigarros, tentou chamar a atenção das duas, disse ei, mas era como se as meninas não quisessem ouvir. Será que elas queriam se exibir? Surpreendente! Conformada de que não sairia tão cedo daquele banheiro (o negócio estava quente!), ela resolveu assistir à cena que acontecia sob seu nariz porque viera mesmo para observar, porque achou que talvez as meninas quisessem mesmo se mostrar e porque começava a gostar daquele peep show.

Ela sentou-se na bancada da pia e encostou-se ao lado do espelho, enquanto as duas meninas se agarravam encostadas à porta. Elas se lambiam, se beijavam, até que a black segurou os cabelos da outra e falou seu nome: Lelê. Era esse o nome da menina com a tatuagem de sereia no braço! Bem combinava com ela, pensou, Lelê e sua caixinha de Pandora, aberta definitivamente para assombrar o mundo, Lelê, que parecia estar completamente entregue às carícias da black, que descobriu, se chamava Barbie e soube disso porque as duas ficaram dizendo seus nomes uma no ouvido da outra para se excitar: Barbie, Barbie, fala mais, Lelê, fala, Barbie, fala de novo, Lelê, Lelê! Há pessoas que se excitam com palavras ditas ao ouvido, mas há aquelas que se excitam ouvindo apenas determinadas palavras, e Lelê talvez fosse aquele tipo que adorava ouvir seu próprio nome, sussurrado no ouvido na hora do gozo. Mas elas não estavam ainda na hora do gozo, apesar de procurarem se apressar porque uma transa no banheiro tem que ser rápida, e se os meninos eram craques nisso, entre as meninas a coisa demorava mais um pouco, por isso só trepavam no banheiro quando estivessem suficientemente molhadas, depois de muita paquera, e ela sabia que aquelas duas já vinham, fazia muito tempo, se melando a olhos vistos.

Depois de sussurrarem seus nomes e de se beijarem umas duas vezes demoradamente com línguas e lábios, uma boca querendo comer a outra, Barbie alcançou o meio das pernas de Lelê com sua mão direita e acariciou gostoso. Lelê gemeu e pediu que ela abrisse o zíper e colocasse a mão por dentro da sua calça para sentir como estava molhada. Barbie obedeceu de pronto e pediu a Lelê que também desabotoasse sua calça e colocasse a mão por dentro de sua calcinha, pois queria o dedo de Lelê dentro dela, rápido. As duas então começaram a se masturbar, mutuamente, com as mãos metidas por dentro das calcinhas, sôfregas, pois sabiam que tinham pouco tempo. Lelê começou a mover seus quadris contra a mão de Barbie, querendo roçar seu sexo contra a palma da mão da black, aumentando o fogo com mais daquela fricção deliciosa. Barbie então segurou com sua mão esquerda, livre, a mão com que Lelê a penetrava, empurrando-a ainda mais para dentro, como dizendo para Lelê fazer mais forte, ir mais fundo, e Lelê foi e fez, até que Barbie começou a gritar e respirar cada vez mais alto. Lelê preocupou-se por um instante com os gritos bandeirosos da menina, porque algumas pessoas já começavam a bater na porta do banheiro querendo entrar. Assim, ante a urgência de seu próprio desejo e a necessidade de terminar logo, Lelê deixou que sua mão, segura pela mão de Barbie, penetrasse vigorosamente a black, que começou a gozar, escorrer, pressionou seu quadril contra o quadril de Lelê, enfiou a língua em seu ouvido, fez mais e mais curtas movimentações pélvicas, acelerando o ritmo daquele esfrega, até que gemeu lenta e prolongadamente num orgasmo que não parecia ter fim.

Lelê não gozara ainda porque havia se desconcentrado com as batidas na porta, e pela sua cara, provavelmente pensara também na namorada durante um breve lapso de tempo. Droga! E agora? Ficaria sem gozar? As meninas que queriam entrar no banheiro ainda estavam lá fora, impacientes. Barbie disse que daria logo um jeito naquilo e pediu que Lelê esperasse um pouco para que pegasse um pedaço de rolopack. Era curioso isso: Neverland colocava à disposição das meninas um rolopack bem ao lado do papel, numa atitude conseqüente pelo sexo seguro, pois a gerência não era hipócrita de fazer vista grossa para o sexo que rolava no banheiro. Isso, a espectadora bem se lembrou, fora novidade introduzida por aquela ruiva redonda, que por sinal era amiga de Lelê. Bendito rolopack! Barbie ajoelhou-se na frente de Lelê, colocou o quadrado de plástico entre sua boca e o sexo da menina e começou a lamber aquela xoxota, que já estava vermelha, intumescida, quase gozando.

Quando Lelê viu aquela boca lambendo e comendo seu sexo, não resistiu e segurou com as duas mãos a cabeça da black, pressionando a pélvis contra aqueles lábios carnudos, como se tivesse um pau e penetrasse a boca de Barbie, dizendo para a menina chupar enquanto se mexia. Então Lelê sentiu sua respiração ficar mais curta, rápida, os movimentos pélvicos mais frenéticos, circulares, para cima e para baixo, para os lados em volta da boca da black e sentiu o prazer aumentando, mais, mais, abriu a boca e deixou que um gemido saísse desde sua garganta, até que gozou, gozou e gozou, finalmente, no rolopack! Benditos lábios, língua e boca! Barbie ergueu-se, deu mais um longo beijo de língua em Lelê e depois disse que era melhor elas saírem, ou as meninas lá fora arrombariam a porta. Lelê agarrou-se ao pescoço de Barbie e disse que ela era gostosa e que queria mais – quando se encontrariam de novo? Barbie jogou o pedaço de plástico no lixo, com pressa, e disse que era melhor elas saírem.

Quando abriram a porta, duas meninas enfezadas que esperavam para entrar disseram a elas que se era para trepar no banheiro elas poderiam ser mais rapidinhas, que saco, porque mulher era assim demorada? Lelê e Barbie saíram mudas, sem dar ouvidos àqueles comentários, com a cabeça em outro lugar. As duas nervosinhas então entraram e se espantaram ao ver que havia uma terceira pessoa no banheiro – ela –, sentada na pia com cara de boba, indisfarçável por baixo do Ray-ban. Ainda putas com o tempo longo que tiveram que esperar e achando que ela tinha tomado parte em tudo aquilo, emendaram, jocosas: e aí, gozou ou te deixaram na mão? Em seguida caíram na gargalhada, mais por despeito que por diversão, pois era nítido o quanto precisavam de uma boa trepada ou punhetinha, tomadas de inveja pelo sexo que não haviam desfrutado. Bem feito, teriam agora que se conformar com a sensação de alívio, não de um orgasmo, mas de um xixi adiado que tinham pressa de resolver e por isso entraram, apertadas, cada uma numa cabine.

Sem dar muita bola às piadinhas daquelas coitadas, e sentindo ainda o coração bater lá em baixo ao lembrar-se da experiência voyeurista que acabara de ter, a garota do Ray-ban começou a desconfiar do poder daquele par de óculos que usava por discrição, mas que parecia torná-la invisível. Não fosse por aquelas duas despeitadas que a provocaram e a enxergaram muito bem, suspeitaria que realmente havia sido consagrada com o dom da invisibilidade. Ou seria um castigo? Pois afinal, decidira que uma daquelas duas meninas que observava – a da tatuagem de vírgula na nuca e esta, que se chamava Lelê – poderia ser a metade que faltava e, apesar de não saber ainda qual delas era a metade certa, desejava agora se aproximar, mais do que simplesmente observar, e de nada ajudaria ser invisível. Que pensamento mais tolo! Não existem pessoas invisíveis! Mesmo que não acreditasse nisso ela se sentia assim, porque escolhera, de forma deliberada, não se mostrar àquelas duas meninas, tatuadas com sereia e vírgula, e também porque Lelê escolheu ignorá-la ali naquele banheiro. Talvez não fosse o momento, ainda, de se aproximar. Ela pensou nas suas feridas, na sua misantropia, no seu afastamento e concluiu que deveria agir com cautela, recorrendo ao único artifício que se permitia para estabelecer contato com aquelas meninas: iria escrever um outro bilhete!

Ela pegou uma caneta e um papel do bolso do casaco, pensou bem no que iria dizer, pois não pretendia ser invasiva, já que tinha a vantagem do observador. Seria essencial, pensou, escrever palavras de encorajamento, pois sentia que aquelas meninas precisavam de orientação e isso não era presunção sua. Não desejava soar paternalista de maneira nenhuma, porque acima de tudo seu cuidado era maternal, ainda que não pretendesse ter esse tipo de ascendência que só fazia com que se sentisse mais velha, e por isso tampouco adiantava soar como big sister. Então que tom usaria? Não queria escrever algo que fosse interpretado como paquera, embora quisesse seduzi-las com palavras, pois esperava atrai-las. Mas como seduzir sem parecer sexo e atrair sem se fazer notar? Ela então se olhou no espelho, uma idéia lhe ocorreu e escreveu primeiro para a pequena: você é um globo de espelhos – em você todo mundo se vê – por isso ninguém vê você. Assinou como admiradora secreta e emendou um PS: diz pra Lelê procurar a Garota com G maiúsculo dentro dela mesma. Dobrou o papel, endereçou-o para a menina com a tatuagem de vírgula na nuca, pensando que precisaria descobrir logo seu nome, e então tirou o chiclete da boca, grudando o bilhete no espelho para que alguém o encontrasse e o levasse para a destinatária. Pronto!

12
Belzinha

Contraste, para dizer o mínimo. Tentando decifrar o tipo de sensação que a tomara de assalto ao entrar em casa, Belzinha percebeu o contraste entre o calor de antes, quando estava cercada por sua corte em Neverland e o frio que sentia agora, sozinha. Ela não merecia estar só, pensou, logo ela que havia feito pelo menos quatro boas ações naquela noite: tentara dissuadir três de suas cortesãs de se apaixonar por ela e evitara que Patty pegasse Lelê no banheiro com a tal da Barbie, segurando a menina com uma conversinha tosca para boi dormir. Quem diria! Lelê com duas e ela sem nenhuma! Naquele momento Lelê deveria estar com Patty, mas pensando em Barbie, é verdade. Bem feito! Isso também era uma forma de solidão, pensou perversamente, e nessas horas Belzinha era vingativa mesmo, pois não gostava que Lelê a fizesse de serva, e a solidão da amiga atenuava a sua. Grande coisa! De que adiantava isso se não conseguia apagar o contraste: tantas admiradoras e tão só agora, quando chegava em casa!

A pequena sentou-se na cadeira, apoiou o queixo nas mãos e os cotovelos na mesa e ficou um tempo assim, olhando a parede e balançando os pés, chateada, sabendo que não iria dormir, não logo, porque sentia um comichão, e embora tivesse decidido não olhar mais para ele, não ler pela quadragésima vez aquelas palavras, não conseguiu se segurar: logo enfiou a mão no bolso do casaco e desdobrou o bilhete que encontrara grudado no espelho naquela mesma noite. Este já não parecia um torpedo ou uma paquera, embora a autora assinasse, ainda, uma admiradora secreta, abaixo daquelas três frases criptográficas: você é um globo de espelhos – em você todo mundo se vê – por isso ninguém vê você. A imagem era forte, Belzinha teve que admitir, e o estilo um pouco mais apurado, diferente da rudeza daquele primeiro, que mais parecia uma brincadeira. O novo bilhete tocou fundo: será que era por isso que se sentia tão só? Porque a tudo refletia e ninguém, portanto, conseguia enxergá-la como ela era? Será que era mesmo um globo de espelhos? Será que foi Lelê quem escreveu aquilo? Não, não poderia ter sido Lelê, senão porque aquele PS mandando recado para ela mesma? Não, não era Lelê a autora daquele bilhete, definitivamente, e ainda por cima estivera muito ocupada naquela noite caçando Barbie e fugindo de Patty. Além disso, raciocinou, não era coisa tão impossível assim ter uma admiradora secreta! Ela lembrou-se de que já havia aprendido alguns truques quando assistira a uma palestra dos Vigilantes da Auto-Estima e não deixaria que a sua diminuísse, não cairia novamente nessa armadilha de achar que jamais seria foco do interesse de alguém. Não – agora ela já havia aprendido a tratar bem de si e, convencida do seu valor, achou razoável possuir tantas admiradoras. Uma coisa, porém, a incomodava: por que aquela, a dos bilhetes, não se mostrava?

Não conseguia deixar de pensar que aquilo era uma espécie de covardia, mas precisava admitir que ela havia tocado num ponto esférico, luminescente. Será que era verdade? Será que ela era mesmo um globo de espelhos? Belzinha saltou da cadeira e foi até a estante, de onde tirou um volume das obras completas de Sylvia Plath, pois recordava ter lido uma vez um poema chamado Mirror e achou que ele pudesse talvez ajudá-la a elucidar alguma coisa: I am silver and exact; I have no preconceptions; whatever I see I swallow immediately; just as it is, unmisted by love or dislike. Uau! Belzinha fechou o livro imediatamente, pois sentiu uma vertigem e decidiu que sim, ela era um espelho. Como isso poderia ser tão claro aos olhos dos outros e ter passado completamente despercebido por ela? Será que ela era tão desprovida de personalidade que precisava se camuflar sob caquinhos de espelhos, se protegendo para poder sair pela rua como se o globo fosse uma burca, que além de esconder refletisse? Para cada sorriso um sorriso, para cada rosto fechado um rosto fechado e assim por diante, respondendo ao mundo da mesma maneira que o mundo se mostrava a ela, jamais revelando seu próprio desejo e pagando sempre na mesma moeda. Depois imaginou que havia construído em volta de si uma espécie de escudo antimíssil e que havia vestido o globo de espelhos por pura defesa, porque tivera seu coração machucado e não queria que o ferissem, se lembrando que por isso passara um ano sozinha e seis meses amando a si mesma. Mas será que ela se amava mesmo ou era puro efeito daquele jogo de espelhos? Porque algo estava errado, Belzinha pensou. Começava a se sentir só e teve certeza disso entrando em casa naquela noite, quando percebeu o contraste de temperaturas, eufemismo elegante para sua solidão evidente.

Quem não arrisca não petisca – era o que Lelê sempre dizia a ela. Porém, o dito popular para aquele imperativo da sobrevivência darwiniana manifestava-se em Belzinha através da briga entre sua fome de amor e o medo de se machucar. Queria matar a fome de amor e sabia que precisaria se arriscar, mas, como trabalhava com riscos mínimos, arriscava passar fome por mais um tempo. Por isso andava magra de sexo, afeto, tesão e carinho. Ela preferia se proteger e cobriu todos os buracos, rachas e brechas. Era difícil para qualquer um entrar em seu território. Agora estava só, protegida, mas isolada, e, como não baixava a guarda, ficava mais sozinha ainda. Para completar, havia aquele bilhete: você é um globo de espelhos – em você todo mundo se vê – por isso ninguém vê você. Aquelas palavras a estavam enlouquecendo, e Belzinha queria esquecê-las. Contudo, em vez de pensar noutra coisa cedeu à vontade de ser sugada novamente por aquele turbilhão – amor, amor, espelho, amor – e voltou ao livro e ao poema: now I am a lake; a woman bends over me, searching my reaches for what she really is. Um frio percorreu sua espinha. Belzinha fechou novamente o livro. Não deveria dar tantas asas à sua imaginação, pensou, e decidiu não dar mais bola para aquele bilhete anônimo e covarde. Se a missivista tivesse colhões, que se apresentasse. Cartas anônimas não deveriam ser levadas a sério.

No entanto, guardou mais aquele bilhete na gaveta de seu criado-mudo como guardara os outros. Não era só porque não os levava a sério, pensou, que iria se desfazer deles. Além do mais, lembrou-se, não mostrara aquele último para Lelê, que provavelmente iria ficar com a pulga atrás da orelha por causa do recadinho dirigido a ela. Valeria guardá-lo só para irritar Lelê depois. Assim, fechou a gaveta, devolveu o livro à estante, despiu-se, entrou debaixo do lençol, apagou o pequeno abajur de cabeceira e tentou dormir, mas não conseguiu deixar de pensar no globo de espelhos e nos versos de Sylvia Plath: in me she has drowned a young girl, and in me an old woman rises toward her, day after day, like a terrible fish. Chega! Ela não queria ficar pensando em tudo aquilo, mas parecia destino: as palavras insistiam em procurar Belzinha.

SEGUNDA PARTE

13
Ray-ban

Ela havia tentado de tudo. Alguma coisa acontecia e não sabia bem o quê, mas não conseguia estabelecer contato visual com Lelê e Belzinha, ou qualquer pessoa que estivesse próxima das duas. Já havia pedido para a garçonete trazê-las para que pudesse se apresentar, mas na hora em que Belzinha e Lelê apareceram, ansiosas para encontrar a autora dos bilhetes, não conseguiram enxergá-la. E o mais curioso é que a garçonete com quem havia falado antes, e que havia lhe enxergado muito bem, quando voltou, trazendo Lelê e Belzinha, não viu nada à sua frente, ainda que ela estivesse de fato lá, com seus óculos Ray-ban, acenando, gritando, macaqueando: ei, vocês três, eu estou aqui! Vocês não me enxergam? Não, nenhuma delas conseguia ouvir ou enxergar nada que dissesse ou fizesse. Ela até tentou tirar os óculos, achando que eles pudessem ser os culpados por sua invisibilidade, mas de nada adiantou aquilo e ela se conformou em apenas observar Lelê furiosa com a palhaçada, como fez questão de vociferar (isso é uma palhaçada!), enquanto a garçonete olhava para os lados, tentando achar a garota que havia visto anteriormente e que insistira com ela para que trouxesse as duas meninas.

A missivista já se sentia envergonhada pelos bilhetes e agora se constrangia simplesmente por estar lá observando toda a cena, ouvindo Belzinha e Lelê falarem sobre ela sob um ângulo não muito favorável. Covarde, esbravejava Lelê, enquanto Belzinha perguntava para a garçonete: como é que ela era? Cabelos bem curtos, castanhos, mas não parece castanho natural, parece castanho pintado, falso, meio ondulado, vem sempre aqui, sempre com aqueles óculos Ray-ban, modelo clássico, sabe, lentes verdes, aros dourados, e se veste tipo normal, meio moleque, entende, mas não é sapatão, sei lá, não é jovem, parece mais velha, tipo uns quarenta, se bem que não aparenta muito.

É bonita? Ela gelou, por trás do Ray-ban, quando percebeu que Lelê perguntava para a garçonete se ela era bonita e que teria que presenciar ali uma resposta absolutamente honesta, de corpo ausente, pois aos olhos daquelas meninas ela não estava ali. Caralho, ela percebeu que ficar ali de voyeur era também se sentir nua e não teve tempo de sair antes que a garçonete respondesse para Lelê que mais ou menos. Como assim? Era ou não era bonita? A garçonete parecia não ver sentido naquela pergunta. Beleza era um conceito subjetivo, afirmou. Ah, pára com isso, era ou não era? Lelê, irritada com toda aquela história, agora estava decidida a infernizar a garçonete, que era do tipo punk sem paciência e já estava de saco cheio daquele interrogatório, achava irrelevantes aquelas perguntas e odiava aquela função de leva-e-traz, preferindo levar e trazer bebidas, pois para isso era paga. Farta daquilo tudo, mas educada porque Lelê era cliente, fez cara de paisagem e disse que se era para dar referência, pois beleza era algo relativo, a mina era mais bonita que Patty, sua namorada. E assim, espezinhando Lelê de leve, a garçonete honrou seus coturnos, e Belzinha precisou se segurar para não se jogar no chão às gargalhadas, ao ver a cara amarela de Lelê, que achou o cúmulo a garçonete dizer que sua namorada era menos que mais ou menos! Antes que a garota se retirasse para servir outras mesas, mas rápido o suficiente para que sua integridade física não corresse perigo, pois Lelê talvez desse uma bifa na mina, Belzinha perguntou se a garota sumida havia pedido alguma vez que lhes entregasse algum bilhete. Não, mas ela vem toda noite aqui.

Ali, invisível, ela observou Lelê e Belzinha saírem como loucas procurando por ela em todo canto de Neverland sem que a achassem. Perguntaram para todas as meninas se haviam visto uma garota assim e assado, usando óculos Ray-ban, e as meninas diziam que sim, haviam visto a garota, que estava ali agorinha mesmo. Então, Lelê e Belzinha se dividiram, se espalharam e nada de encontrá-la – ficaram cada vez mais confusas. Lelê decidiu, por fim, que aquilo era uma brincadeira sem graça de alguma garota imbecil. Belzinha não estava tão certa disso, mas deixou-se convencer por Lelê e resolveu, a partir daquele momento, não dar mais bola para os tais bilhetes.

Embora fosse a única maneira que havia encontrado de fazer contato com aquelas meninas, a missivista invisível também decidiu, naquele mesmo momento, ali ao lado delas, esquecer os bilhetes. De que adiantava? Elas não podiam mesmo enxergá-la! Por isso, a partir daquela noite não escreveu mais bilhetes. Contudo, não poderia ignorar aquele fenômeno – sua invisibilidade perto delas – e transformou a frustração de não poder encontrar Lelê e Belzinha num joguinho perverso, mais por desespero que por mágoa. Ela voltou noite após noite a Neverland e, para continuar invisível, resolveu permanecer sempre que possível no campo de visão de Lelê e Belzinha, pois descobriu que ninguém poderia enxergá-la se estivesse ao alcance das duas meninas. E, de fato, depois que fez isso ninguém, nunca mais, viu a garota dos óculos Ray-ban por lá.

Assim, várias semanas se passaram, e ela, noite após noite, esperava que Lelê e Belzinha chegassem a Neverland, colava nas duas sem que ninguém percebesse e entrava invisível no clube, o que significou uma economia enorme, pois nunca mais pagou ingresso e como lá dentro permanecia grudada em uma ou em outra, não gastou um tostão com bebida, chupando pelo canudinho o hi-fi da pequena e sorvendo de leve a long-neck da sedutora. Algumas vezes, é verdade, tanto Lelê quanto a pequena se perguntavam se haviam bebido tudo aquilo e ficavam um pouco confusas. Por isso evitava beber muito de seus copos, deixando a mente alterada com baseados que passou a consumir impunemente, fazendo com que Fê ficasse louca com o cheiro que exalava não se sabia de onde em Neverland.

Invisível! Impressionante! Ela decidiu grudar de vez nas meninas, porque achava que se ficava invisível perto delas aquilo significava alguma coisa, e, portanto, a solução para aquele enigma passava pelas duas. Por isso precisava estar perto, descobrindo tudo a respeito delas – o que faziam ali, o que queriam, o que lhes faltava – e começou a ouvir suas conversas, testemunhava seus beijos, escutava as palavras sussurradas nos ouvidos, quase sentia as mordidas nos lóbulos de suas orelhas e sabia das mentiras ditas entre peitos palpitantes. Na primeira noite conscientemente invisível, descobriu que a menina com a tatuagem de vírgula na nuca se chamava Belzinha e passou a não fazer cerimônia quando se sentava ao seu lado, mesmo sabendo não ser notada, pois algo tão mágico talvez não fosse tão perverso assim, nem tão humilhante, e com o tempo deixou de se envergonhar por viver a vida das meninas perdidas em Neverland, disposta a descobrir aquele mistério entregando-se totalmente a ele.

Lelê. Depois de testemunhar sua trepada no banheiro com Barbie, a invisível intuiu que as coisas com Patty (descobriu ser esse o nome da namorada de Lelê) iriam estremecer. Mas curiosamente a situação entrou num período de estase, uma espécie de estagnação que poderia ser definida da seguinte maneira: Patty sabia que Lelê era assanhada e concedia em acompanhá-la a Neverland mesmo que isso significasse presenciar o olhar comprido e guloso de Lelê sobre aquela dançarina black que era também antropóloga e se chamava Barbie; Lelê se sentia segura com o amor de Patty e, para não machucá-la, evitava ultrapassar em público os limites do olho comprido e guloso sobre Barbie ou qualquer outra; Patty não sabia que às vezes Lelê escapava para um amasso ou uma rapidinha com Barbie num canto qualquer (azar de Patty ser maconheira e ter que sair de vez em quando para fumar um baseado por meia hora, tempo suficiente para voltar a Neverland chapada e com um par de chifres); Barbie não estava nem aí, porque iria voltar para seu sítio arqueológico em Lagoa Santa dentro de duas semanas e só queria se divertir; isso, claro, enlouquecia ainda mais Lelê, que, frente a brevidade do amor de Barbie e a solidez prometida por Patty, não sabia o que fazer e por isso fazia tudo; e tudo o que fazia era armar fugas constantes e constantemente se sentir insatisfeita com Patty; Lelê então se culpava, se achava a pior das mortais, contava suas cagadas e prometia a Patty que iria mudar; Patty, apaixonada, ainda que ferida, desculpava Lelê por tudo e além disso gostava de sentir-se vitoriosa com Lelê a seus pés, ajoelhada e remoendo culpas; Lelê ficava grata e fazia amor com Patty, com remorso; gozando meia bomba, Lelê se sentia uma puta, mas se conformava, pensando que com o tempo as coisas voltariam a ser como eram quando se apaixonaram; então Lelê e Patty, aparentemente, voltavam às boas; Patty, agradecida, continuava a conceder que Lelê se assanhasse assim, de brincadeira, em Neverland, julgando ser um custo menor para conservá-la ao seu lado; e sentido-se puta de qualquer jeito, cadela com coleira extensa, Lelê voltava a se assanhar, mas não de brincadeira. Assim fechava-se o ciclo e configurava-se uma estase, que acabou durando até mesmo depois que Barbie voltou para Lagoa Santa, pois embora Lelê tivesse ficado um pouco aborrecida, amargando um mau humor por mais de dez dias e dez noites, logo arranjou outro interesse.

Mas isso é história para daqui a pouco. O importante neste momento é não deixar passar despercebido este pequeno intervalo de dez dias, período que Lelê poderia ter aproveitado para descobrir algo a respeito de si, mas sobre o qual preferiu passar sobrevoando com um bico enorme, e que logo esqueceu depois, acometida pela nova paixonite. Esse era o erro de Lelê: identificar-se com aqueles longos períodos de estase extática, quando se equilibrava entre múltiplas paixões, sem perceber que os breves períodos de tédio eram aqueles que poderiam revelar alguma coisa importante para ela e permitir-lhe, quem sabe, um salto. Se ao menos Lelê percebesse porque ficava tão mal-humorada! Ela sabia que era porque Barbie partira, e mais, porque partira sem nunca ter se deixado conquistar por Lelê, e ainda por cima não fora a única, pois a dançarina antropóloga havia ficado com pelo menos mais umas cinco meninas durante sua temporada na urbe, em Neverland. Sabia também que ficava puta com Patty, que apesar dos cornos ostentava um ar de contentamento pela partida de Barbie, superior, e se não tocava no assunto tampouco descartava o sorriso, pois havia visto a dançarina com as outras cinco e até sentia pena de Lelê – o que deixava Lelê mais puta ainda! Tudo se alternava como numa gangorra: ora Lelê por cima e Patty enciumada, ora Patty contente e Lelê humilhada por ter levado um fora, não da namorada, mas da menina por quem até pensou, vez ou outra, romper com a namorada. Isso tudo Lelê sabia – ou pressentia. O que não sabia mesmo era que não havia, na verdade, levado um fora de Barbie, simplesmente porque nunca estivera dentro. O que Lelê chamava de relacionamento rápido e intenso não passava de relacionamento rápido, superficial, sem um mínimo de comprometimento ou profundidade, não porque Barbie não fosse capaz, mas porque não queria, pois corria à boca pequena em Neverland que ela tinha um cacho em Lagoa Santa, um relacionamento tão profundo quanto fazia questão de escavar seus ossos e cacos de cerâmica, mundo estranho para Lelê e tão distante da sua realidade quanto sua percepção do amor.

Assim, Lelê amargou dez dias e dez noites puta consigo, puta com Barbie, puta com todas as meninas e, principalmente, puta com Patty, pois quando já não conseguia mais ficar brava consigo, com Barbie ou com todas as meninas, sobrava apenas Patty para descarregar sua bile e seu fel. Patty, coitada, não fizera nada para merecer o mau humor e a saliva amarga de Lelê, a não ser, claro, incorrer no pecado do auto-engano, pois sabia, no fundo, que Lelê era sem-vergonha, mas se conformava pensando que comprara o pacote fechado, no escuro, logo na primeira noite. De modo que uma e outra toparam continuar, cada uma com uma fatura já preenchida sob a manga, certamente para cobrar depois: Patty um dia iria dizer que relevara todos os defeitos de Lelê e merecia ser ressarcida; Lelê, por outro lado, apresentaria sua conta dizendo que não conseguiu evitar correr atrás de novidade porque Patty nunca mais soubera fazer nada de novo e que, portanto, ninguém devia nada! Mas, àquela altura, Lelê não sabia ainda das faturas guardadas em sua manga ou da namorada. E, porque não sabia, continuou a desfilar com Patty em Neverland, mesmo de mau humor, mesmo agüentando os olhares condoídos das outras cinco meninas que foram abandonadas por Barbie, mesmo sabendo ser assunto por meia dúzia de noites em rodinhas de meninas que não conhecia, até o dia em que todas esqueceram (e ela própria se esqueceu), e na décima madrugada depois da partida da antropóloga, olhou com o canto do olho uma garota que achou muito interessante. Lelê, novamente acometida pela paixonite, selava então seus dez dias de mau humor, quando poderia ter descoberto alguma coisa sobre si, preferindo fazer justo o oposto, esforçando-se para descobrir tudo sobre a outra: vai lá Belzinha, chega nela e descobre tudo, eu não posso, a Patty vai ficar puta, você sempre foi minha amiga, então faz isso para mim. E lá partia Belzinha para investigar o novo interesse de Lelê, voltando quarenta e cinco minutos depois com um relatório detalhado, mas que não liberava assim de uma vez, pois nessas horas, em que detinha o poder da informação, Belzinha capitalizava seu montante, afinal de contas trabalhava informalmente para a amiga como espiã, boi de piranha e leoa de chácara, e iria se vingar um pouquinho por todas as ocasiões em que Lelê a abandonara, apaixonada por outra, interessada noutro mundo, dando as caras somente quando precisava de alguma ajuda ou informação. Assim, antes de contar suas descobertas, Belzinha, como de costume, acendeu um cigarro, fez Lelê lhe pagar um hi-fi e já ia desembuchar, quando Patty apareceu, de repente, sentou-se ao lado delas, chapada depois da voltinha e do baseado, de forma que não puderam mais continuar o assunto.

Belzinha. Embarcando no segundo drinque daquela noite e mergulhando num momento de introspecção forçada, a pequena começava a preocupar-se com a idéia de que talvez estivesse mesmo se transformando numa freira carmelita e que iria se isolar, virgem, entre as paredes redondas de uma clausura medieval. Vivia ainda cercada de seu séqüito de admiradoras, mas sentindo-se culpada por inspirar sentimentos que não seriam retribuídos. Por isso, passou a promover namoros e casamentos, pareando umas e juntando outras. A cada semana, duas de suas seguidoras aventuravam-se, uma na cama da outra, e, depois de dois meses, quase todas as suas damas da corte estavam namorando, em duplas, trios, casos sérios ou passageiros, entretidas, mas sempre com um olho em Belzinha, pois seriam suas eternas admiradoras apaixonadas e, mesmo estando pareadas ou trianguladas, ainda orbitavam em torno de sua rainha. Se isso lhe tirava um peso da consciência, pois pelo menos suas cortesãs encontraram namoradas, vê-las todas acasaladas fazia com que se sentisse ainda mais só. E assim, sentadinha, bebericando o segundo hi-fi, as mãos levando o canudinho à boca e seus pensamentos perdidos entre os muros da clausura e as paredes frias daquela corte frívola, Belzinha viu, naquela noite, Lelê jogar o olho comprido sobre a novidade, enquanto Patty ia ao banheiro; viu Patty quase trombar em Fê, que tirava do toalete duas de suas damas, Celly e Verma, que demoraram tempo demais para chegar ao orgasmo, provocando uma fila desmedida; ouviu também a vaia que as duas levaram das garotas que esperavam impacientes; demorou hein, passa lá em casa que eu te ensino a dar rapidinha, e riam, devem estar com tendinite, LER, é isso aí Fê, melhor enquadrar essas duas, operação tartaruga do cacete, e riam mais ainda, se fosse do cacete não tinha demorado tanto, e gargalhavam, mas não muito, porque afinal estavam todas apertadas e se rissem mais, mijariam nas cuecas.

Enquanto isso, Belzinha ainda bebericava e observava a fila andar disciplinadamente e a porta do banheiro se abrindo para entrar uma só garota por vez, pois Black Debby, que apesar de clarividente não possuía staff suficiente, sacrificou uma valiosa garçonete para vigiar a porta do toalete, impedindo que as mais assanhadas entrassem em duplas, trios e grupinhos compactos. Belzinha viu Patty parada na fila, muito chapada para emburrar-se; viu Celly e Verma do outro lado com cara de insatisfeitas, jogando a culpa uma na outra, a primeira morrendo de vergonha e a segunda preocupada em preservar sua fama de mau; viu Fê discutir com Black Debby os limites da libertinagem em Neverland e se deveriam construir de vez um dark room; viu Lelê se aproximar com um olho em Patty na fila e outro na novidade, querendo saber, afinal, o que Belzinha havia descoberto em sua investigação. Melancólica, enxergando tudo em cacos e tons de cinza, e ainda por cima com duas vodcas e meia na cabeça, Belzinha custou a se lembrar o que era mesmo que Lelê queria saber. Saco, quem é aquela menina! É isso que eu quero saber! Conta logo antes que a Patty volte do banheiro!

Ah era isso, o relatório sobre a menina, Belzinha lembrou-se, mas antes reclamou que Lelê só a procurava quando queria alguma coisa, e ela tinha que estar pronta para servi-la, e então desandou a desabafar. Lelê deixou que a pequena falasse, pois sabia que esses rompantes de reclamações vinham grossos e concentrados – eu me sinto sozinha, eu vou virar freira, não quero ninguém que me queira, nem quero ninguém aqui e em lugar nenhum, o que há de errado comigo? Lelê, ainda com pressa, pois queria saber da menina, antes que Patty retornasse, ainda assim abriu seus braços e deixou que Belzinha se recostasse, deu beijinhos e fez afagos, não porque fosse boa (e ela era, apesar de tudo), mas porque sabia que quanto mais rapidamente Belzinha se sentisse melhor, mais depressa conseguiria saber da menina. Lelê disse, honesta e oportunamente, que Belzinha não estava só, ela estava lá para ajudá-la, afinal, há quanto tempo elas estavam juntas, segurando a barra uma da outra, contando os meses em que namoraram e os anos de amizade tépida subseqüente? Mais tempo do que qualquer namoro que puderam experimentar depois ou durante, essa era a verdade, e isso significava muito para elas. Ao ouvir isso da boca de Lelê, a pequena quase sentiu de novo porque se apaixonara por ela um dia, e ao senti-la ali, com os braços a sua volta, percebeu-se menos só, confortada e, portanto, imensamente agradecida.

Porém, mínima que era, Belzinha não suportou tanta emoção e, querendo mudar de assunto para não deixar escorrer uma lágrima, desvencilhou-se daquele abraço delicadamente, voltando ao hi-fi e ao cigarro para passar em detalhes o relatório completo sobre a menina, antes que Patty voltasse do banheiro: o nome dela é Suzy e ela está fazendo um vídeo sobre Neverland; a Fê disse que ela vai vir aqui todas as noites para sentir o clima do lugar antes de gravar; claro que ela é bolacha, Lelê; não viu o jeito dela? as unhas curtas? a Fê não sabe dizer se ela tem ou não namorada; muito pessoal para perguntar; a Fê diz que quer tratar a menina de maneira profissional; diz que está cansada de misturar trabalho, amizade e amor, pode? logo ela, que praticamente se casou e ficou sócia da Debby; não Lelê, eu não fui falar com a tal da Suzy; relaxa, Lelê; eu cheguei numa assistente, uma tal de Linda, que disse que elas irão montar uma espécie de cabine onde as pessoas poderão dar depoimentos privados que serão gravados; elas garantiram que irão distorcer imagem e voz, não porque o pessoal seja enrustido; você sabe que todo mundo aqui é liberado; mas por causa do jogo; é, parece que o negócio é tipo um jogo; quem quiser vai lá e faz um depoimento ou dá um recado; depois elas exibem os depoimentos distorcidos para as próprias freqüentadoras de Neverland; é tipo uma instalação; arte interativa; foi isso que a tal da Linda disse. E assim que terminou a frase, Patty sentou-se à mesa, perguntou quem era Linda, e Belzinha contou por cima a história do vídeo, sem mencionar Suzy ou o interesse de Lelê em Suzy, claro. Caramba, Patty exclamou, essa idéia é um lixo! Quem é que vai encarar esse videotorpedo? Ninguém, a não ser aquela sua admiradora secreta, né Belzinha? E Patty caiu na gargalhada, enquanto a pequena se lembrava dos bilhetes de que havia jurado se esquecer e olhava para Lelê, que não queria falar sobre nada daquilo, missivas, videotorpedo ou Suzy, e permaneceram em silêncio, pois no fundo estavam cansadas de tudo: emoções, garotas e palavras, escritas ou não ditas.

———————

Os bilhetes. Ela nunca mais havia escrito bilhetes. Depois de recordar todas aquelas semanas que passou ao lado das duas meninas, invisível o tempo todo, se afeiçoando a elas, testemunhando seus beijos, ouvindo suas risadas, sentido seus perfumes, mas sem conseguir tocá-las, inexistente, ela sentiu um calor percorrer o corpo, dos pés às coxas, passando pelo sexo, ventre, peito, pescoço e braço até sua mão, pelos dedos, pegou uma folha de papel, a caneta e rabiscou: não sei o que acontece; eu já tentei de tudo, mas por alguma razão vocês não conseguem me ver; invisível, colei em vocês para tentar descobrir que fenômeno é esse, mas não consegui nada; me ajudem; só através destes bilhetes sou capaz de me comunicar; estou sempre por perto em Neverland; estou de olho em vocês, ouço tudo; sei de tudo; sei que você, Belzinha, está sofrendo de solidão, apesar de todas as admiradoras que cercam você; sei que você, Lelê, está entediada com Patty e arma um bote para cima da tal da Suzy; alguma coisa me liga a vocês; ainda não descobri o que, nem por que vocês não me vêem.

Isto vai soar absurdo, ela pensou, mas decidiu que a situação já era surreal o bastante para querer parecer razoável, e quanto mais honesta e direta fosse, melhor! Mesmo que soubesse que as chances de ser levada a sério fossem quase nulas, ainda assim, achou que valeria a pena. Então decidiu partir para Neverland imediatamente, para deixar a nota no espelho do toalete, para que não queimasse em suas mãos. Antes, porém, que dobrasse o bilhete e o endereçasse a Belzinha e Lelê, hesitou por um minuto, pensou mais um instante e, já que decidira escancarar de vez, assinou: Wendy.

14
Lelê e Neverland

Lelê não queria machucar ninguém e tampouco admitia ter suas vontades contrariadas, não porque fosse egoísta (e era), mas porque tinha certeza de que a medida da própria satisfação determinava a satisfação alheia, pois se alguém é infeliz torna infelizes aqueles com quem convive, espalhando miséria. Neste sentido, Lelê era um pouco hedonista embora não o soubesse ainda, pois um pouco não é muito e seu hedonismo se encontrava em estágio embrionário, não completo, porque o hedonista maduro tenta evitar a dor a todo custo, e Lelê, que ainda era muito nova para saber as artimanhas do amor, muitas vezes armava confusão entre seus muitos prazeres, sofrendo porque fazia as outras sofrerem. Então, em vez de viver de prazer em prazer, Lelê vivia de prazer em prazer passando necessariamente por fases de terror, causado não apenas por sua própria dor, mas também pela dor que provocava nas outras pessoas, e que a afetavam, não porque fosse muito boa e tivesse bom coração (e é preciso que se diga que Lelê era muito boa e tinha bom coração), mas porque, como toda criança, ela não tinha noção do quanto podia, também, ser cruel.

O sofrimento era algo muito incômodo e, por isso, Lelê procurava minimizá-lo, deixando-o de lado, ignorando-o, o que às vezes fazia com que parecesse fria, coisa que não era. Apenas enterrava sua dor. Quando sua vida se complicava numa dessas intersecções amorosas, tentava deslocar o sofrimento abrindo seu peito para outras emoções que o contrabalançassem, como o sentimento de alívio, a sensação de liberdade, o delírio pela paixão que nascia, o prazer da descoberta, a graça da surpresa, a vontade do risco, a coragem dos néscios e a falta de memória que só as pessoas com talento para a felicidade cultivam. Às vezes Lelê incorria num outro erro muito comum entre aqueles que adiam o imperativo cronológico: fazia pressuposições – muitas – e se importava demais com o que as outras pessoas iriam pensar e sentir, reflexo de sua necessidade gigantesca de ser amada. Ela se preocupava tanto em não ferir as pessoas, com medo de que deixassem de amá-la, e ao mesmo tempo era tão impulsiva e voluntariosa, pois obedecia àquele calor do seu corpo, que mesmo cuidando para não desarrumar muito as coisas (tão sensível ao equilíbrio e à harmonia entre as partes), ainda assim não conseguia evitar confusão e sofrimento, porque nada no mundo consegue ser tão harmônico assim. A dissonância, contudo, pode ser bela – mas isso ela não sabia ainda.

Por ora, via-se nesta situação, amarrada a duas meninas: a antiga, Patty, não despertando mais seu desejo, embora Lelê a amasse ainda assim, e a nova, Suzy, que sequer conhecia, mas que tinha ganas de conquistar. Qual dessas duas emoções deveria pesar mais? Equilibrando-se, então, entre sensações díspares, Lelê, que não queria machucar Patty, contornou várias questões espinhosas, evitou falar de assuntos delicados, segurou seu jogo e não colocou nenhuma carta na mesa, com medo de ferir a namorada, que por sua vez também não sacava o tédio que se alojava no peito de Lelê ou a paixão que nascia ao lado para preencher aquele vazio.

No dia seguinte àquela noite em que mandara Belzinha investigar Suzy, Patty sentou-se com Lelê para uma conversa franca sobre relacionamentos sérios e paqueras levianas, e as duas decidiram não voltar a Neverland, pelo menos por um tempo, pois Patty acreditava que aquele lugar era um pólo de atração para a periquita sapeca da namorada. A princípio, Lelê concordou em ficar sossegada em casa com Patty, vendo TV e alugando DVDs, fazendo jejum de balada, mas, depois de duas semanas, suas pernas começaram a ficar inquietas e ela sentiu uma enorme vontade de dançar e estar rodeada de meninas perdidas. Eu não agüento, Patty, eu preciso dançar! A namorada, ainda decidida a salvar o relacionamento, falou que tudo bem, elas voltariam para a balada, mas não iriam a Neverland –

iriam ao Pirata, um clube que uns amigos seus freqüentavam. Não era bem isso que Lelê queria, mas topou mesmo assim, acreditando que, uma vez na rua, faria Patty mudar de idéia.

Mas Patty não mudou de idéia e, depois de uma interminável discussão no carro, as duas chegaram ao Pirata com cara amassada. Patty procurou disfarçar e logo se entrosou com alguns amigos que não via há muito tempo, uns caras da faculdade com quem Lelê imediatamente implicou, portando-se de maneira rude e antipática. Depois trancou a cara, ficou de mau humor e passou a noite espezinhando Patty, com atitudes mesquinhas e até humilhantes, andando à sua frente, se recusando a pegar bebida para ela e interrompendo suas conversas com bufos e bocejos. Não havia meninas perdidas naquele lugar!

Tanta malcriação fez e tanto irritou Patty, ferindo-a de morte, embora não percebesse, que acabou convencendo a namorada a darem pelo menos uma passadinha rápida em Neverland. Patty, sem saber se estava mais triste por ver o sorriso que se abria no rosto de Lelê quando soube que iriam a Neverland ou por toda malcriação que fora dirigida a ela naquela noite, concedeu apenas porque já estava cansada de tudo aquilo. Se não podia fazer com que a periquita de Lelê se acalmasse ou sossegasse com a dela, pensou, então seria melhor acabar de vez! Apenas daria mais uma chance a Lelê: se ela conseguisse se conter em Neverland, sem secar nenhuma menina, sem ficar se engraçando ou armando romancezinho, Patty poderia pensar em continuar o namoro.

Pobre Lelê, ignorava completamente que estaria sendo colocada à prova naquela noite! As duas então seguiram em silêncio, de um clube a outro, enquanto o rádio do carro tocava Seventeen do Ladytron: they only want you when you're seventeen, when you're twenty-one, you're no fun. E Patty não achou graça nenhuma naquilo.

Belzinha ficou imensamente feliz ao ver Lelê de volta a Neverland, fez muita festa para a amiga e ainda deu uma ligeira bronca em Patty: como é que pode, trocar Neverland pelo Pirata! Patty já estava suficientemente irritada e triste com tudo o que havia aturado naquela noite e não deu ouvidos à indignação de Belzinha. Decidida a não dar mole e não deixar Lelê sozinha nem por um instante, pois ela estaria sob teste e escrutínio minucioso, Patty grudou na namorada. Pouco tempo depois, percebeu os olhares ostensivos de Lelê para uma garota que não conhecia e que conversava com Fê, gesticulando, apontando para a parede e abrindo os braços. Seria ela o novo interesse de Lelê? Que saco! Será que seria sempre assim? E enquanto se perguntava tudo isso, sentada em silêncio ao lado da namorada, pensou que talvez fosse mesmo a hora de terminar o romance, pois concluiu que Lelê jamais renunciaria à arte da sedução. Estava a ponto de introduzir o assunto quando Belzinha, que havia ido ao banheiro, voltou agitada, excitada e curiosíssima, trazendo um novo bilhete que havia encontrado, grudado no espelho.

Lelê! Você não vai acreditar! A pequena sentou-se ao lado delas, ainda ofegante e taquicárdica. Lelê não agüentava mais aquela história de bilhetes. Já decidira não dar bola para aquilo, julgando ser brincadeira idiota de alguma débil, esquecendo-se que ela própria havia começado tudo. Patty, que já estava a ponto de romper o silêncio para falar sobre separação, por sua vez, sentiu um certo alívio com a chegada de Belzinha, pois ninguém gosta mesmo de enterrar um amor e talvez sobrasse tempo ainda para um milagre. Assim, a pequena prosseguiu: muito intrigante tudo isso, porque, quando eu entrei no banheiro e me olhei no espelho para checar a maquiagem, não havia nada ali, mas depois senti uma vontade de fazer xixi, entrei na cabine e, quando saí, lá estava o bilhete, endereçado a Lelê e Belzinha. Este é para nós duas!

Lelê nem se importou em prestar atenção naquilo e aproveitou que Belzinha distraía Patty para observar demoradamente Suzy, que gesticulava planos para Fê e apontava o local mais apropriado para o videowall. Patty, quando soube que o bilhete era endereçado a Lelê, logo desconfiou que poderia ser paquera, ferveu de ciúmes e, morta de curiosidade, pediu a Belzinha que abrisse logo, para que descobrissem o que estava escrito. Presta atenção, Lelê! Patty cutucou a namorada, e então a pequena leu em voz alta: não sei o que acontece; eu já tentei de tudo, mas por alguma razão vocês não conseguem me ver; invisível, colei em vocês para tentar descobrir que fenômeno é esse, mas não consegui nada; me ajudem; só através destes bilhetes sou capaz de me comunicar.

Que bobagem! Patty respirou um pouco mais aliviada com a história do bilhete, pois não era carta de amor, e Lelê, impaciente, completou: essa menina é alucinada! Que mané invisível que nada! É conversa mole para boi dormir!

Espera, disse Belzinha, tem mais: estou sempre por perto em Neverland; estou de olho em vocês, ouço tudo; sei de tudo; sei que você, Belzinha, está sofrendo de solidão, apesar de todas as admiradoras que cercam você; sei que você, Lelê, está entediada com Patty e arma um bote para cima da tal da Suzy; alguma coisa me liga a vocês; ainda não descobri o que, nem por que vocês não me vêem; assinado, Wendy.

Lelê gelou. Patty, pálida, logo foi tomada pelo sangue que subiu do pescoço até a testa, levantou-se do sofá e, furiosa, perguntou: é verdade? Lelê, surpresa, sem reação e sem palavras, sabia que só Belzinha estava a par do seu interesse por Suzy e achou que a pequena havia feito aquela brincadeira infeliz (depois iria se acertar com ela!). Naquele instante, porém, precisaria dar uma satisfação à Patty. Pensou em negar, em usar o seu jogo de cintura, mas percebeu que estava cansada de negociar sua vida e seus passos com a namorada (liberdade!) e resolveu, num arroubo de coragem e enfrentamento, confirmar que estava mesmo querendo dar o bote em Suzy. Patty, puta, como se quisesse ganhar tempo para pensar o que fazer com Lelê, explodiu primeiro com Belzinha, dizendo que ela era leviana, que quem quer que fosse essa Wendy ela sabia muito bem a verdade: Belzinha era cruel com sua corte, fodendo sem jamais sair de cima e ainda se excitava com bilhetinhos bobos como aquele. Qual era o problema dela? E ainda vinha sacanear seu namoro com Lelê! Leviana, Belzinha, você é leviana, eu sabia, sempre soube, você nunca suportou pensar que perdeu Lelê um dia, quer tê-la na mão para sempre, assim como tem na mão todas essas meninas que te bajulam. Você é uma infeliz, sabia? Não arranja namorada porque é feita de pedra! Você é seca, não tem nada aí dentro!

Não deu nem um segundo, Patty virou-se para namorada e continuou, no mesmo tom: e você, Lelê, não acha que eu já agüentei tempo suficiente essa palhaçada? Por que você não cria coragem e me fala na cara o que quer me dizer? Se você não souber dizer o que realmente sente, eu posso te adiantar: você não quer largar o osso, é isso que acontece; você não vai pular desse barco até que esteja com um pé bem plantado em outro; você gosta de mim, você pode até sentir que me ama, mas você não me quer; você quer qualquer outra; Suzy, Barbie; não importa; não adianta negar, eu sinto; eu sinto quando eu te beijo; eu sinto quando vejo você pegar no sono com um sorriso no rosto; eu sei que você não pensa em mim nessa hora; se pensasse, abriria os olhos e rasgaria um sorriso, só de me ver ali; não, você não me ama.

E assim, dizendo amargamente tudo o que Lelê deveria ter dito, mas nunca disse, Patty se retirou. Lelê e Belzinha se olharam, estupefatas, ainda que por razões diferentes. Lelê acusou Belzinha de ser sacana, como é que ela fazia uma brincadeira daquelas, escrever aquilo e depois ler em voz alta para Patty! Por que Belzinha queria sacaneá-la? Tá certo que aqueles primeiros bilhetes tinham sido idéia sua, mas pelo menos ela não havia complicado a vida da amiga.

O quê? Que bilhetes? O caldo já havia entornado de vez, Lelê não se importava com mais nada, nem com os brios da amiga, e então revelou a Belzinha que escrevera os dois primeiros torpedos para fazer uma brincadeira para animá-la e que havia pedido a Fê e a Black Debby para acobertá-la, mas que os outros bilhetes ela não sabia quem havia escrito, na certa qualquer uma, e, além disso, elas não haviam decidido de comum acordo ignorar aquele papo de bilhete?

Belzinha ficou puta com Lelê. Como você me diz isso só agora? A pequena enfureceu-se e, como não tinha altura para estapear a cara da amiga, desembestou a dar soquinhos no ombro de Lelê, sobre a tatuagem, mirando o rosto da sereia desenhada, pulando e socando feito pulga pugilista, mas percebendo que seus golpes mal surtiam efeito, e, tendo descontado boa parte de sua raiva com aquele esforço, sentou-se novamente ao lado da amiga, amuada. Belzinha se sentiu enganada, pois ainda guardava com carinho aqueles dois primeiros torpedinhos, crente que era foco da atenção de alguém. Que boba que eu sou! E saiba você que nem mesmo fui eu quem escreveu este aqui, embora fosse uma boa idéia, só pra te sacanear mesmo!

Balada para as meninas perdidas

As duas meninas, então, ficaram assim, enfezadas por um tempo, em silêncio. Mas como aquela amizade era grande e suportava alguns revezes, logo Lelê se desculpou por haver acusado a pequena injustamente, dizendo que agira de maneira tola porque estava triste por ter acabado daquele jeito com Patty. Belzinha, sentindo pena da amiga, também viu sua fúria passar, pois apesar de Lelê tê-la enganado com aqueles primeiros torpedinhos, ela acabara prestando um enorme serviço. Belzinha sabia que, depois daqueles bilhetes, sua auto-estima fora às alturas, que passou a sorrir e a confiar em si, e muitas garotas a admiravam, o que a envaidecia e a confortava. E se os primeiros bilhetes foram truque, Belzinha sabia que existiam outros, mesmo que se espantasse com a coincidência daquilo. Então olhou para o bilhete mais recente, que estava em suas mãos, e tentou decifrá-lo mais um pouco: não era paquera, e sim um pedido desesperado da tal Wendy para que as duas meninas a ajudassem a resolver o enigma de sua invisibilidade. Ao ler aquilo novamente, Belzinha sentiu-se num enredo de gibi, ficou excitada e perguntou a Lelê se ela achava que a tal da Wendy era louca ou seria mesmo invisível.

Se toca, Belzinha! Lelê não podia acreditar que a amiga estivesse levando aquele bilhete, como os outros, a sério. Esquece! Lelê queria esquecer o bilhete, esquecer Patty (que já deveria estar a quilômetros de Neverland), queria esquecer a tristeza, queria se divertir e, acima de tudo, queria paquerar Suzy, agora que estava só, agora que tudo tinha ido para o buraco, agora que estava suficientemente alcoolizada, merecidamente fodida e resolutamente sem medo, pois o medo fora embora com a namorada. Ela já se levantava para falar com Fê, que ainda conversava com Suzy, quando foi puxada por Belzinha, que insistiu mais uma vez: mas se ela não é invisível, como pode saber essas coisas a nosso respeito?

Fofoca! As paredes têm ouvidos em Neverland! E, com esse clichê estúpido, Lelê se retirou, menos convicta que ansiosa, deixando Belzinha ainda atônita com o bilhete, pois a paquena sempre fora impressionável, crédula, e não via razão para não levar a sério pelo menos parte daquela história. E então, quem seria Wendy?

15

Belzinha e Wendy

Ainda naquela mesma noite em Neverland, Belzinha raciocinou que se Wendy dizia a verdade, então ela estava lá ao seu lado ou ao lado de Lelê. Tímida, tentou falar baixinho com ela, pois não queria que ninguém no clube pensasse que estava ficando louca: Wendy, você está aí? Sem resposta, Belzinha foi tomada por uma ira desmedida – boba, bobinha, como você é idiota Belzinha, ela dizia para si mesma, ainda baixinho. Depois olhou para os lados, certificando-se de que ninguém havia visto sua pagação de mico e, como estivesse nervosa com tudo aquilo, abriu a bolsa minúscula, tirou um cigarro, acendeu e então duas de suas damas da corte, Gigi e Emília, que começavam a se encantar uma pela outra, sentaram-se ao seu lado.

Rainha, precisamos do seu veredicto, disseram as cortesãs. Ainda pensando em Wendy – se ela existia e se ela estaria ali, invisível – Belzinha concordou em ouvir a questão de suas pupilas, pelo menos para se distrair. Felizes com a atenção que a rainha lhes dedicava, as duas perguntaram: excelência, por favor, estamos nos contorcendo em dúvidas e não sabemos se devemos ou não iniciar um namoro; então, diga para nós o que ganharemos e o que vamos perder se começarmos a namorar? Belzinha, que não conseguia deixar de pensar em Wendy, e querendo ainda testar se aquele papo de invisibilidade era verdade, aproveitou para matar dois coelhos com uma cajadada só: respondeu às suas damas que teria que consultar um oráculo antes. Depois, disse em tom audível, para que Wendy escutasse em meio ao tum-tsh-tum:

oráculo de Wendy, diga o que se ganha e o que se perde quando duas meninas começam a namorar? Esperarei por uma resposta no espelho, completou Belzinha, quase ameaçadoramente. Só não se sentiu ridícula porque sua atuação foi perfeita e aquelas suas duas adoradoras pareciam assistir a tudo fascinadas.

Agora vocês esperem por mim aqui, que eu vou ao banheiro! Belzinha levantou-se e as meninas, ainda aflitas, suplicaram: mas e a resposta? Calma, pediu Belzinha, o oráculo precisa de tempo. Até o final da noite ela daria a resposta para o enigma do namoro. As duas se conformaram, eternamente devotadas à rainha, contudo, não sabiam se esperavam pela resposta de mãos dadas e abraçadinhas, pois até que a dúvida fosse solucionada não faziam a menor idéia se deveriam ou não começar a namorar.

Belzinha entrou no banheiro, olhou o espelho e nada! Nenhum bilhete. Lembrando-se de como naquela mesma noite encontrara o último, a pequena entrou na cabine para fazer xixi, embora não estivesse com vontade, na esperança de achar um bilhete quando saísse. Ficou lá dentro lendo alguns rabiscos na porta, um telefone aqui, corações flechados ali, e se tocou, mais uma vez, que não tinha uma namorada para ligar, para perguntar como estava, dizer que a amava ou escrever seus nomes dentro de um coração flamejante. Quando achou que já tinha esperado o suficiente, pressionou a descarga e, ao sair, apesar de ter esperado tanto, levou um pequeno susto ao ver um bilhete grudado no espelho. Belzinha ficou extasiada. Então era verdade! A tal de Wendy existia e estava lá, invisível, ao seu lado, ouvindo e assistindo tudo! A pequena alcançou o bilhete, abriu e leu: não sou um oráculo. Rápida, Belzinha tirou da bolsa seu batom, colocou-o sobre a bancada da pia e perguntou se Wendy poderia escrever no espelho alguma coisa como, por exemplo (e aqui ela alimentava segundas intenções), o que sentia por ela e Lelê. Lentamente, o pequeno bastão se ergueu no ar e, como se dedos invisíveis o conduzissem, rabiscou algumas letras, não muito grandes para não gastar o batom: amor. Belzinha não conteve o rubor nas faces, pois, pouco antes, lamentava não ter um amor, e, ao ver aquela palavra tão curta e bruta revelar-se vermelha no espelho, ficou daquele jeito, menos por vergonha que por desejo.

Então Wendy amava Belzinha e Lelê! Estava ainda perplexa com tudo aquilo, quando duas meninas entraram no banheiro e a pequena teve que disfarçar, colocando-se à frente dos rabiscos no espelho, fingindo retocar a maquiagem, enquanto as meninas entravam, uma em cada cabine, como era regra agora em Neverland, obedecida só porque Fê e Black Debby haviam prometido um dark room para breve. Calada, pensando que Wendy estava ali ao lado, Belzinha esperou pacientemente que as duas meninas saíssem das cabines e ficou imaginando coisas: se Wendy poderia tocá-la; se ela poderia tocar Wendy; se Wendy estaria olhando para ela agora; se era normal ficar excitada com aquela situação; se Wendy podia ler seus pensamentos; se notou que estava nervosa e se percebeu que estava com tesão ao imaginá-la tocando seu corpo, como suas ninfas etéreas faziam. Ponderando sobre todas essas coisas, a pequena sentiu um calor subir pelo corpo, arrepiou-se um pouco, olhou-se mais uma vez no espelho e imaginou que, se Wendy não pudesse ler pensamentos, certamente já teria percebido seu constrangimento, mesmo que não soubesse o motivo, tão vermelha estava. Sentindo o rosto ardente, abriu a torneira para refrescar-se e viu pelo espelho as duas meninas saírem das cabines, lavarem as mãos e ainda olharem para ela com um certo desdém, achando que tinha bebido demais e vomitava na pia. Decerto parecia mal, pois seu coração batia mais rapidamente que o normal e seu normal já era acelerado, porque coração de gente pequena bate mais rápido, e, assim, menos assustada que emocionada, perguntou a Wendy, logo que as duas estranhas saíram do banheiro: o que você quer de nós?

Precavida e cercada de cuidados desde que tivera o coração partido, Belzinha usava o pronome nós, pois imaginava que, enquanto o amor de Wendy dissesse respeito a ela e a Lelê, estaria a salvo de um amor romântico, e, desta maneira, imaginava que poderia evitar apaixonar-se pela admiradora invisível. Assim, embora quisesse saber o que Wendy queria com ela, perguntou o que a garota pretendia com as duas, como se o truque semântico pudesse funcionar. Novamente o batom se ergueu e rabiscou abaixo da palavra amor: contato. Ok, Belzinha continuou, você já tem contato. O que mais? Belzinha estava adorando aquela mágica do batom e esperou a resposta ser escrita no espelho: que vocês me vejam.

Belzinha quase se emocionou ao ler aquele desejo singelo de Wendy, que, além de amar e desejar contato, queria também ser vista. Cara, como eu quero ver você, disse Belzinha, menos por simpatia que por curiosidade, e, contrariando sua natureza mais contida, cedeu ao impulso de abraçar o ar na altura do batom que escrevia ao espelho, mas nada, nenhum corpo, nada palpável, não havia matéria sólida ali, embora Belzinha sentisse um calor estranho entre seus braços, barriga abaixo, até as coxas. Ela ficou assim, tentando abraçar o ar repetidas vezes (será que era incorpórea?) até que Verma entrou no banheiro e, ao ver a rainha dando pulos no ar, achou que a menina dançava Pogo e juntou-se a ela, mas não por muito tempo, pois Belzinha, vexada, parou de repente, ruborizou-se novamente e ainda saiu do banheiro dando uma bronca em Verma: mas agora não se pode ter um mínimo de privacidade?

Aquilo era a mais pura verdade, apesar de Verma não ter entendido o que a rainha queria dizer. Tudo o que Belzinha desejava naquele momento era um mínimo de privacidade. Foi então que resolveu ser ousada, como resposta a tudo o que Lelê dissera a seu respeito (aquele papo de que ia tornar-se freira porque tinha medo de se jogar) e ao que escutara de Patty havia pouco (que fodia sem sair de cima), e decidiu que naquela noite iria levar Wendy para a sua cama. Assim, disse baixinho à menina que ela gostaria de ajudá-la a resolver o problema da invisibilidade, mas ali em Neverland elas não conseguiriam ficar a sós, e, pensando que talvez Wendy já tivesse lido seus pensamentos, não se importou em arriscar um convite direto: vamos lá para casa? Se você quiser, venha comigo agora! Belzinha então pagou sua conta, saiu à francesa, desceu as escadas de Neverland, chamou um táxi e teve o cuidado de deixar a porta aberta um longo tempo para que Wendy pudesse entrar.

———

Belzinha pediu que Wendy esperasse na sala de seu conjugadinho e escolhesse uma música, enquanto ia ao banheiro se refrescar, depois ao quarto, ficar mais à vontade, e, já que decidira contradizer todo seu histórico recente de excessos de cautela e recato, vestiu uma lingerie preta, tipo vestidinho, comprada num brechó para uma ocasião especial, e que naquela noite usaria para seduzir Wendy, o mais rápida e eficientemente possível. No entanto, quando adentrou a sala naqueles trajes mínimos, quase voltou atrás de vergonha, sentiu-se rainha com roupas invisíveis, e teria desistido de prosseguir não fosse pensar que a garota que estava ali com ela também era invisível e, portanto, tanto roupa como amante eram adequadas, uma para a outra. Mesmo assim, Belzinha não sabia o que fazer ou como se portar, porque não enxergava ninguém à sua frente e tinha certeza de que Wendy estava lá, somente porque a menina havia colocado seu CD do Stereo Total para tocar (moi ce que j'aime c'est faire l'amour spécialement à trois). Muito apropriado, pensou Belzinha, lembrando-se que Wendy havia confessado seu duplo amor por ela e Lelê.

Percebendo que não havia providenciado nenhum papel ou caneta, nada que servisse para Wendy se manifestar, Belzinha lamentou que tivesse feito todo esforço para provocar uma impressão (a camisolinha preta) sem, contudo, dar meios para a invisível se comunicar. E ela ali, naquelas roupas mínimas demais, até para seu corpinho, sem saber qual fora a reação de Wendy! Belzinha então disse que elas teriam que encontrar uma maneira melhor que caneta e papel para Wendy se manifestar, pois aquilo não seria sexy o suficiente para a ocasião, sendo muito demorado e trabalhoso, e, além disso, completou Belzinha quase não acreditando na própria audácia, não queria que ela ocupasse suas mãos escrevendo. A verdade é que aquilo excitava demais a sua mente e seu sexo. Acostumada à suas ninfas imaginárias quando batia uma punhetinha, Belzinha foi ficando cada vez mais à vontade com aquela garota que não conseguia enxergar. Assim, estirou-se no sofá, lânguida, se divertindo com tudo aquilo, e, como era difícil acreditar que havia uma menina invisível em seu quarto, liberou-se de qualquer pudor ou vergonha, tirou a calcinha, segurou-a entre seus dedos e perguntou se Wendy poderia pegá-la como pegou seu batom, deixando que caísse suavemente no assoalho, próxima aos seus pés, como as damas vitorianas faziam com seus lenços, quando queriam chamar a atenção de um homem.

Wendy podia pegá-la, sim, e o fez, cordialmente. A pequena viu a calcinha erguer-se no ar a uns quarenta centímetros do chão e percebeu o tecido amarfanhando-se, e uma parte dele sendo delicadamente esticado, expondo o brilho molhado no fundilho, prova do desejo de Belzinha, que não conseguiu evitar o rubor. Então Wendy estava mesmo ali, invisível, manuseando sua calcinha molhada! Depois, quando viu que o tecido se abaloava levemente, imaginou que Wendy estivesse, talvez, lambendo suas intimidades, e concluiu que a invisível, comunicando-se da maneira que podia, dizia que a desejava. Mas como iriam se tocar?

Já sei! Num pulo, Belzinha levantou-se, foi para o quarto, chamou Wendy, abriu a gaveta da sua cômoda e tirou de lá um vibrador em formato de pênis, de silicone firme, do tamanho exato de sua bocetinha. Ela havia usado muito aquilo, algum tempo antes, quando, depois de um ano sozinha, iniciara a fase de punhetinhas e amor narcisista, fartando-se de brinquedinhos eletrônicos, que foram depois abandonados, quando descobriu ser mais excitante masturbar-se imaginando que fazia sexo com espíritos de grandes escritoras mortas: ora Emily Dickinson, quando queria uma coisa doce, ora Gertrude Stein, quando queria chamar a vaca, ora Djuna Barnes, quando desejava blasfemar, mas nunca Virgínia Woolf, pois tinha medo dela, ainda que adorasse todos os seus livros. Ultimamente, era masturbada por ninfas imaginárias, e pensou que talvez fosse lógico que, naquele momento, na primeira vez que faria sexo depois de mais de um ano na seca, sua amante fosse invisível.

Não conseguia enxergá-la, mas ela era real e estava ali, Belzinha pensou. Agora não haveria volta. Porém, admitiu que estava adorando que Wendy fosse invisível, como suas ninfas imaginárias, como os espíritos das grandes escritoras e como a eletricidade que movia aqueles briquedinhos para o amor. A pequena, então, se sentou na cama, chamou Wendy e ofereceu-lhe o vibrador, embora não soubesse onde a garota estava, e sentiu uma leve tração quando o aparelho foi tirado suavemente de suas mãos. Depois se recostou na cama, abriu as pernas, pôs a mão sobre seu próprio sexo, feito Eva encabulada, e ficou apenas observando o vibrador se aproximar, ainda desligado, de seu corpo. O aparelho primeiro acariciou a parte interna de suas coxas e, em seguida, em movimentos suaves, subiu até a virilha. Belzinha sabia que Wendy não podia tocá-la e só sentia o contato com o vibrador, que a invisível provavelmente havia aquecido com suas mãos ou entre suas pernas, pois percebeu que o aparelho estava morno quando percorreu seu corpo barriga acima, até os seios. Quando foi finalmente acionado e começou a vibrar, não muito forte, contornou os bicos, e Belzinha sentiu seus lábios se abrirem lá em baixo, o sangue sendo bombeado com força para seu sexo, enquanto o aparelho descia riscando com a ponta, de leve, o meio do seu corpo, do esterno ao umbigo, até pousar inerte sobre o seu próprio sexo, repercutindo aquelas ondas. Lá ficou o brinquedinho, abandonado, ainda vibrando, suave, e aquilo deixou Belzinha louca, extasiada, sentindo o clitóris inchar, ainda que o vibrador não se movesse. Porém, logo a ponta morna e arredondada do objeto separou seus lábios molhados e penetrou de leve a boca da sua vagina, somente um pouco, para que ela gemesse e através dos gemidos, pedisse: mais. E quanto mais ela gemia e se enchia de desejo, mais afastava as paredes úmidas e mais um pouco era penetrada, só um pouco, o suficiente para lambuzar o vibrador e para que alguma porrinha escorresse ao longo de toda sua extensão. Então o aparelho saiu de dentro da sua bocetinha, passeou entre os grandes e os pequenos lábios e permaneceu um tempo rodeando e molhando seu clitóris durinho, deixando-o mais teso, seus bulbos intumescidos, seus pentelhos molhados da porrinha que melava o vibrador, e, assim, prontinha para gozar (já?), pois estava excitada há séculos, Belzinha pediu que Wendy parasse por um minuto porque havia tido uma idéia e precisava pegar outro brinquedinho.

A pequenina levantou-se com as pernas meio bambas e, sem poder juntá-las, tão gordinha estava lá em baixo, foi até a cômoda e tirou da gaveta uma pequena borboleta dotada também de vibrador, daquelas para ser colocada sobre o clitóris. Voltou para a cama e, com a maior cara de safada, deixou escapar alguns risinhos quase infantis, pedindo que Wendy colocasse a borboleta sobre seu próprio sexo invisível. Belzinha deitou-se e viu a borboleta ser erguida no ar e depois cair na cama vezes seguidas (incorpórea!) até que por fim se sustentou a um palmo do colchão (o que ela fez?) e foi acionada, ao mesmo tempo que o pênis de silicone, que voltou a acariciá-la. Seu clitóris, que ainda estava inchado, logo respondeu ao toque do vibrador e, imediatamente, Belzinha puxou-o para baixo e abriu ainda mais as pernas para que Wendy a penetrasse mais fundo desta vez, entrando quente, macio e justo em sua boceta ensopada.

Enquanto era comida, a pequena percebeu a borboleta aproximar-se e pousar sobre o seu clitóris. Concluiu que Wendy se deitava sobre ela, pressionando sexo sobre sexo através da borboleta, e percebeu que, embora não fossem capazes de sentir seus corpos se esfregando, poderiam sentir a mesma vibração através daquele artifício. Assim, na medida em que Wendy a penetrava, lenta e firmemente com o vibrador, pequenos choques de prazer elétrico se espalhavam através da borboleta. Belzinha se molhava, o ritmo aumentava, a borboleta vibrava, esfregava, o vibrador mergulhava, afundava, molhava, saía um pouco e mergulhava de novo, então ficava, e os pequenos choques de prazer se multiplicavam, porrinha escorria e ensopava, vibrador saía e mergulhava, um calor subia, o coração batia, a xoxota intumescia, gorda, úmida, o vibrador afundava, um amor invisível, prazer, prazer, tudo ensopava, amor cego, invisível, coração batendo forte, prazer, prazer, até que um calor subiu do sexo à garganta, e então Belzinha gozou, gozou e gozou, três vezes em uma. O clitóris entrou em tilt (choquinho!) e sua vagina pulsou, apertando forte e espasmodicamente o vibrador, que foi prontamente desligado, ainda que deixado dentro dela, morno e teso. Belzinha, relaxada, viu a borboleta se erguer, ser desligada e depois deixada de lado na cama e imaginou se Wendy teria gozado também, enquanto sentia o vibrador ser retirado, lentamente, de dentro do seu corpo lasso.

Curiosa e lânguida demais para sentir vergonha, Belzinha perguntou a Wendy se ela havia gostado. Puxe o lençol uma vez se a resposta for sim e duas para não, está bem? Belzinha, naquele momento tomada de uma alegria quase infantil e espontânea, propôs assim um novo meio para se comunicarem, ainda que tosco, e exultou ao perceber o lençol puxado uma só vez: um simples sim, e seu coração deu um pulo! Mas você gozou, perguntou, achando-se ousada, quase se arrependendo depois por ter perguntado, não fosse o lençol ser puxado novamente uma só vez, o que a fez revelar um indisfarçável risinho sacana.

O que vamos fazer agora? Belzinha sabia que Wendy não poderia responder àquela pergunta com simples sim ou não, e talvez a questão fosse mesmo pura retórica, pois ela própria não fazia a menor idéia de como iriam prosseguir. Uma coisa, no entanto, a incomodava: queria, mas não conseguia abraçar Wendy porque além de invisível, e como as ninfas, os espíritos das grandes escritoras e a eletricidade de seus aparelhinhos, Wendy não era corpórea, palpável ou sólida; Wendy não conseguia beijá-la.

16
Wendy

Inusitada. A situação era, no mínimo, inusitada. Wendy pensou o que havia de errado com ela, que depois que elegeu as duas meninas como ótimas candidatas ao seu cuidado, atenção e amor, passou a ser invisível – e mais que isso, incorpórea! Conseguia pegar numa caneta para rabiscar palavras, num brinquedo para acariciar o sexo de Belzinha, mas em nenhum momento sentiu seus corpos juntos a não ser pelo movimento dos dois aparelhos: a borboleta entre seus sexos e o vibrador comendo a menina (o que foi aquilo!). Ela não conseguia entender por que era perfeitamente visível a todos, menos às duas meninas, e por que, enquanto permanecia no campo de visão de Belzinha e Lelê, tornava-se invisível para qualquer pessoa. Sabia que não achara aquelas duas meninas à toa e que alguma coisa haveria de descobrir. Num primeiro momento observou-as, depois percebeu que teria que se comunicar com elas, e então decidiu interferir com palavras escritas, até que finalmente, naquela noite, arriscara alguns gestos, movendo objetos e empunhando sex toys.

Wendy mal conseguiu conter sua alegria quando Belzinha começou a conversar com ela em Neverland. Então a pequena acreditava nela! Depois se surpreendeu novamente, quando ouviu o convite para sair dali, e deliciou-se, quando a menina entrou no táxi e esperou tempo mais que suficiente para que ela, invisível, entrasse. Por que aceitara? Teria sido loucura? Wendy não sabia o que fazer, essa era a verdade, por isso fazia tudo, tentando responder na prática a pergunta que não fora solucionada pelo oráculo em Neverland: o que se ganha e o que se perde quando se começa a namorar?

Talvez Belzinha nem soubesse que levar Wendy para casa era o caminho mais curto para obter a resposta que devia às suas duas pupilas. Mas qual fora mesmo a resposta? Wendy sabia: quem não considera arriscar-se, jamais comerá petiscos, e por isso resolveu aceitar o convite de Belzinha. Mas, se sua mente a mandava se atirar, confiante, o peito foi assaltado por inesperadas e pequenas doses de dúvidas, mas que foram superadas por muita emoção, daquelas que só uma menina mínima como Belzinha podia proporcionar: primeiro, quando entrou no apartamento e pediu com a maior naturalidade que colocasse uma música para tocar; depois, quando voltou para a sala vestindo uma camisolinha preta, curta, e enrubesceu de repente; e então, quando deu um sorrisinho sacana e disse que não queria que Wendy ocupasse suas mãos escrevendo; em seguida, quando tirou a calcinha e lhe pediu que apanhasse; quando cheirou sua bocetinha pelo fundilho da calcinha e a viu ruborizar novamente, deitadinha no sofá; quando a pequenina suspendeu a respiração ao ver, sem ver, sua língua lamber o amor daqueles últimos minutos; quando viu a menina recostar-se na cama, de pernas abertas, oferecendo o vibrador para que empunhasse; quando a pequena deixou-se tocar pela primeira vez através do vibrador desligado e sua pele arrepiou; quando os nanobicos dos seios minúsculos da menina ficaram eriçados e sua boca entreabriu; quando ouviu os seus gemidos; quando percebeu seu sexo, escancarado, lábios e mais lábios, abertos, róseos, e molhados; quando colocou só a pontinha na entrada da vagina; quando sua bocetinha se abriu, devagar; quando tirou o vibrador e o sexo de Belzinha ainda pulsava e a porrinha escorreu pelo aparelho até sua mão; quando percebeu o quanto a menina estava ensopada e o clitóris durinho, querendo, molhado; quando Belzinha, quase gozando, parou de repente para alcançar a borboleta, como uma criança que no auge da excitação se lembra de outro brinquedo e não hesita em interromper o que estava fazendo; quando aproveitou aquele instante para se tocar, deliciando-se, olhando as pernas da menina que mal conseguiam se juntar, tão gordinha estava lá embaixo; quando Belzinha, deitada na cama, puxou o vibrador para dentro da sua boceta e Wendy sentiu que tinha um pau e comia a pequenina; quando ficou por cima de Belzinha com a borboleta entre seus sexos, sua mão metendo o vibrador, e ouviu os gemidos da pequenina, curtos e ofegantes, ficarem mais intensos; quando sentiu suas freqüências cardíacas aumentarem; quando viu o rosto da menina à sua frente sem que ela pudesse vê-la, fazendo olho branco de prazer e babando um pouco pelo canto da boca, totalmente desinibida; quando gozaram olho no olho, e percebeu que só mesmo a imaginação fértil de Belzinha poderia fazê-la acreditar que a enxergava; quando, naquele instante, se sentiu próxima da verdade; quando a metade ousada da menina perguntou se ela havia gozado e a metade bobinha enrubesceu ao ouvir, mais uma vez, um sim; quando ela perguntou, dramática, ainda que lânguida, o que elas fariam então; quando ela pediu que desse mais um puxãozinho no lençol para ter certeza de que Wendy ainda estava ali; quando pediu que ela não fosse embora e dormissem juntas; quando a viu adormecer.

Não sabia se enxergava mais longe porque era quase vinte anos mais velha que Belzinha, sete mil dias vividos a mais, sete mil noites perdidas e pelo menos vinte garotas à frente da menina. Como já havia visto muito romance dar errado e muita noite de sexo acabar em nada (embora não fosse esse o caso), sabia que não faria Belzinha feliz sendo invisível e incorpórea. Contudo, acreditando que desembocara ali por algum motivo, e que tudo aquilo tinha um propósito, estava disposta a desvendar o mistério. Ceder à sedução de Belzinha e deitar-se com ela fora uma tentativa de resolvê-lo, embora soubesse não ser este o único motivo, pois admitia sentir tesão pela menina. Entretanto, descobriu que aquela trepada não era a chave para o mistério, pois, mesmo depois que namoraram, Wendy continuou invisível. Assim, concluiu que teriam que seguir em frente, mas sobre outras bases. Por isso deixou mais um bilhete ao sair de sua cama, sorrateira, sem que a pequena notasse – o que não foi muito difícil, pois Belzinha dormia profundamente e, mesmo acordada, não veria a invisível partir.

Belzinha: não pense jamais que não foi bom; foi ótimo; foi mais que ótimo; foi maravilhoso; nem pense também que este é um bilhete de despedida; não é; clichê demais levantar da cama e escrever um bilhete de despedida; não é isso; mas há uma coisa errada; eu não posso tocá-la, embora possa tocar qualquer outra garota que não seja e não esteja perto de você e Lelê; eu não pretendo me afastar; mas tenho que descobrir o que é isso; eu amo você; eu amo Lelê, apesar dela não acreditar em mim; há um motivo muito forte para termos nos aproximado, mas ainda não descobri qual o sentido do nosso encontro; nem descobri o que me faz invisível e incorpórea para vocês; você é uma menina adorável demais para namorar isto que sou; precisamos encontrar, juntas, uma namorada de verdade para você; pois enquanto eu estiver ao seu lado não serei mais que pura energia circulando ao seu redor; você precisa mais que isso; você precisa de alguém que possa te acariciar, te beijar e te pegar, porque não consigo, embora deseje; embora anseie te oferecer meu coração dedicado, minha presença constante, meu cuidado extremo, minha atenção máxima, meu pensamento amoroso, minhas palavras gentis e meu colo generoso; sou incapaz, porém, de sustentar seu corpo; recolho apenas a sua passagem, o ar que você desloca quando me atravessa; eu sei o que posso e o que não posso te dar; isso não quer dizer que eu te ame menos; apenas que eu te amo, realmente; é este o meu estranho amor; aceite, eu lhe peço. Com amor, Wendy.

P.S: encontro você em Neverland. P.S. 2: não fale de mim para Lelê ou para as outras meninas; faremos disso nosso segredo, por enquanto.

17
Lelê

Foi tudo muito rápido. Lelê não sabia se porque estava suficientemente alcoolizada, merecidamente fodida ou resolutamente sem medo (pois o medo fora embora com Patty), mas depois que se aproximou da tal Suzy, que tratava com Fê os últimos detalhes para a instalação da cabine de gravação e do videowall, as coisas acontecerem quase como se não pudesse controlar. Suzy cumprimentou-a efusivamente naquela noite, talvez animada com seu próprio projeto, mas talvez animada com Lelê, pois passou a conversar pegando em seu braço repetidas vezes, à medida que descrevia aquela sua instalação que nada mais era, ela dizia, olhando meio sacana para Lelê, do que uma versão cinético-eletrônica do velho torpedo. Fê, preocupada em manter a casa sempre agitada, emendou que talvez fosse aquilo mesmo que Neverland precisava – algo para as meninas postarem recadinhos. Você não acha, Lelê?

Lelê imediatamente disse que aquilo seria excelente, que a idéia era ótima, enquanto Suzy ouvia a tudo muito interessada, pois, além de bonita e gostosa, Lelê ainda falava bem do seu projeto, de maneira que passaram a conversar efusivamente, engatando olhos, derramando-se tanto uma para a outra que nem mesmo Fê, que tinha estômago para tudo, agüentou. A ruiva ainda precisava saber como resolver algumas questões logísticas e tinha que acabar aquele assunto, mas, percebendo que Suzy já havia caído na cantada de Lelê (ou seria o contrário?), resolveu tratar dos detalhes que faltavam com a assistente da videomaker, a tal da Linda, que já estava de saída, mas ficou para ajudar Fê, a pedido da chefe.

Suzy era tão criativa, Suzy era tão interessante, Suzy era tão decidida, Suzy era artista, Suzy era chefe, Suzy era ambiciosa, Suzy não era especialmente bonita, mas Suzy tinha charme, e Lelê nunca colocou beleza acima de charme. Contudo, se todas estas qualidades cativaram Lelê de cara, havia um outro pormenor que tornava Suzy irresistível e atraente: Suzy se interessava por Lelê.

É Incrível como pessoas bonitas e gostosas como Lelê quase sempre caem nessa armadilha simples: mesmo sendo lindas e deliciosas, parecem duvidar disso, e agem como se não o fossem, deliciando-se com o olhar de desejo dos outros, como se aquele desejo não fosse a coisa mais provável de acontecer. Ora, pessoas bonitas e gostosas sempre despertam interesse e desejo, de qualquer forma e abundantemente, mas acabam caindo na armadilha quando julgam que o olhar guloso do outro é prova suficiente e salvo conduto para um relacionamento amoroso satisfatório. Não é, saibam! Pessoas tão bonitas e gostosas como Lelê não deveriam acreditar em todos os olhares voluptuosos que são dirigidos a elas, mesmo que esses olhares sejam sinceros. Na verdade, a gula é mais que sincera: é própria da natureza, e é alta a probabilidade de que se deseje quase sempre pessoas lindas e deliciosas como Lelê. Pois então, justamente por ser foco de tanta cobiça e luxúria, pessoas lindas e gostosas deveriam elevar seus critérios ao máximo e não ceder à paquera de uma videomaker qualquer, que, estimulada pela abertura que Lelê lhe dava, foi logo colocando a mão em sua coxa. Mas conseguiria alguém resistir àquela coxa? Afinal era a coxa de uma dessas pessoas belas e deliciosas, difíceis de se recusar, ainda mais quando oferecidas, assim, de bandeja, suficientemente alcoolizadas, merecidamente fodidas, e resolutamente sem medo.

Pena. Se tivesse medo, talvez Lelê percebesse que jogava pérolas aos porcos, desperdiçando seus bens mais preciosos com pessoas boas, ainda que sem sal, más, ainda que interessantes, ou cruéis, ainda que inteligentes. Contudo, nenhuma delas era a Garota com G maiúsculo que tanto procurava e jamais encontrou. Se pelo menos Lelê conservasse essa perspectiva, se soubesse que a Garota com G maiúsculo não era nenhuma daquelas, poderia um dia perceber que o G estava dentro dela. Mas não, bastava uma nova paixão para Lelê promover o g de sua garota a um maiúsculo inquestionável, e embora tivesse sido apresentada a Suzy apenas naquela noite, já havia fantasiado muito com ela e sentia que aquilo era forte demais para ignorar. Depois de meia hora de conversa no balcão e setenta minutos recostadas no sofá entre papos, carícias, olhares e risos, beijaram-se às duas e meia da manhã, quando as luzes do globo estavam mais frenéticas, e feixes azuis e vermelhos passeavam pelos seus rostos. O mundo parecia mágico, o cenário era propício para ampliações dos sentidos e Lelê teve a certeza de que em sua vida tudo haveria de ser maiúsculo.

Expulsa da casa de Patty, Lelê depositou sua meia dúzia de caixas e duas malas cheias no minúsculo apartamento de Belzinha, mas não se mudou para lá, é verdade, pois nunca mais se desgrudou de Suzy. Mal sabem as meninas perdidas que, assim como elas, os teóricos da evolução também acreditam que a fêmea carrega um instinto mais aguçado para a conservação dos vínculos (o que julgam ser prerrogativa da maternidade e que, mesmo em tempos modernos, pós-pílula, e ainda que resolva não ter filhos, ela continua dependendo muito mais destes laços que o macho). Por isso, quando duas meninas perdidas se juntam, os vínculos se formam em velocidade recorde e se conservariam ad infinitum, não fosse a interferência de outra máxima evolutiva: a variação de parceiras. Desta maneira, obedecendo a dois instintos contraditórios e desgovernados, e passadas mais de três semanas, Lelê estava praticamente casada com Suzy, não fossem as caixas ainda no apartamento de Belzinha, lá deixadas apenas para que não admitisse de vez sua fraqueza: sua incapacidade para a solidão, que a lançava em outro relacionamento sufocante como era antes com Patty.

É claro que, naquele ponto, com Suzy, ainda estava na fase de namoricos e descobertas, e é compreensível também que Lelê, apaixonada, não conseguisse ver as coisas tão claramente. Suas amigas, porém, sabiam que não importava quem – Suzy, Patty ou Barbie –, fosse quem fosse, era sempre Lelê e uma qualquer. Nunca Lelê sozinha. Sempre Lelê e alguém, aliás, muitos alguéns, até que o alguém começou a ficar tão parecido com ninguém que as amigas de Lelê, embora memorizassem nomes e rostos, evitavam se apegar muito às namoradas da sedutora, porque sempre tinham que se despedir delas cedo demais, já que, com exceção de Belzinha, nenhuma permanecera sua amiga. Por isso, Fê, Debby e a pequena não encontraram dificuldade em lidar com aquela mudança e se assustaram minimamente quando perceberam, depois de quinze minutos de conversa, que não era Patty, mas Suzy quem estava ali ao lado de Lelê. Apesar de Suzy ser mais ambiciosa, mais egocêntrica, mais metida e menos generosa que a antecessora, a dinâmica do casal não mudava, embora mudassem as especificidades.

Suzy delirava com o videowall e, apesar de Lelê ter elogiado o projeto quando se conheceram, achava, no fundo, aquilo tudo meio idiota, nada mais que uma versão moderninha do velho torpedinho. Mesmo assim, queria tanto acreditar que Suzy era genial que acabou se envolvendo naquela empreitada e gastou todo seu tempo livre de duas semanas montando a cabine e a parede de monitores que serviriam para a videoinstalação. Lelê admirava a bravura e a firmeza de Suzy, contudo sentia um certo incômodo quando a garota mandava que fizesse isso ou aquilo sem dar sequer um beijinho, sem a menor consideração, como se fosse uma escrava, mas como adorava ser escrava quando brincavam disso na cama, relevava.

Quando estavam a sós, Suzy dizia que não acreditava em amor eterno, e Lelê retrucava que provaria o contrário, que com ela Suzy conheceria uma eternidade apaixonada. Dizendo isso, mais por pirraça que por vontade, Lelê se comprometia a amá-la para todo o sempre, e embora Suzy não fosse boba a ponto de acreditar nessas juras infantis e exageradas, o fato é que, depois de algum tempo, acabou se fiando nelas, pois Lelê era teimosa, hipnótica, e, uma vez que decidira provar que aquele amor seria eterno, transformara-se em tudo o que não era para conquistar Suzy. Suas amigas, no entanto, sabiam que aquilo duraria até o momento em que, tendo conquistado Suzy por tudo o que não era e não queria ser, Lelê iria reclamar que a namorada nunca havia gostado dela pelo que ela era, nunca havia valorizado aquilo que realmente fazia e nunca considerara aquilo que, na verdade, desejava. E nessa hora, entediada com o seu namoro, Lelê iria se interessar por uma outra desavisada, que provavelmente cometeria a burrice de trocar um olhar mais prolongado com ela, que, claro, iria teimar ser aquele seu novo e grande amor eterno. Era simples assim, todas sabiam.

A verdade é que ninguém mais ligava para os romances de Lelê. Mesmo entre a nova turma de garotas de Neverland – Black Debby, Verma, Celly, Gigi, Emília, a garçonete, e até mesmo as cinco pretês que dividiram a antropóloga com ela – todas já haviam sido enxovalhadas pelo menos uma vez com delírios de Lelê: ora Patty era seu grande amor, ora Barbie, sua musa, ora Patty, outra vez, mulher da sua vida, ora Suzy, sua definitiva, de maneira que ninguém mais dava ouvidos a esse tipo de qualificativo, que vinha logo após Lelê nominar sua amada. Para agravar a situação, a nova namorada, Suzy, não era nada simpática e encrespara-se com Black Debby sobre a colocação do videowall, portando-se de maneira absolutamente inconveniente e deixando de prestar a devida reverência à gerente de Neverland, que além de governante daquele lugar era clarividente e sabia o melhor local para esta ou qualquer outra instalação. Belzinha, por sua vez, não suportava Susy, desde que ela entrara em seu apartamento, trazendo Lelê e as caixas e reclamando que o local era muito arrumadinho, e que isso significava que Belzinha era neurótica com sexo. Se pelo menos a amiga tivesse intercedido a seu favor! Mas não: Lelê ainda cometera a indiscrição de revelar que fazia mais de um ano que a pequena estava na seca! Que mentira! Belzinha silenciou sobre Wendy, claro, mas riscou Suzy do seu caderninho. Fê até que se dava bem com a videomaker, porque se dava bem com todo o mundo, excetuando-se as vezes em que tinha que ser dura, quando expulsava inconvenientes de Neverland ou arrancava almôndegas de meninas dos banheiros. Contudo, esses eram ossos do ofício, que não a impediam de travar amizades com essas meninas depois, de forma que o mesmo acontecia em relação a Suzy, em quem teve que dar um gelo, apenas porque a videota discutira com Black Debby. Mas não a odiava por isso.

Entretanto, Suzy não era uma pessoa fácil, e havia sido isso justamente o que atraíra Lelê, que também gostava de mulher mandona. E se Patty era dominadora, porém doce, Suzy era uma espécie de ditadorazinha, que passou a controlar Lelê mais fortemente que qualquer outra namorada anterior – o que suas amigas podiam perceber, mas não Lelê, que apenas se encantava. Ao ver as amigas e a nova namorada se estranharem, a sedutora preferiu abster-se de tomar partido e, como era inevitável que todas se encontrassem em Neverland, passou a freqüentar o círculo de amigas da nova namorada, enquanto dava breves escapadelas para ter com as antigas, que a recebiam com braços abertos e abraços apertados, pois a amavam, mesmo que não engolissem Suzy e não fizessem a menor questão de esconder isso. Lelê, no fundo, sabia que a nova namorada era intratável, mas alegava conhecer um outro lado dela, que só se revelava entre quatro paredes, e desta maneira se justificava, menos para as outras e mais para si.

Assim, Lelê meteu-se em outra armadilha sem perceber, comprometendo-se com uma garota que não valia metade de seu esforço, contentando-se em estampar na face a cara de quem acabara de gozar duas, três, quatro vezes nas mãos da namorada, mas, e daí? Uma punheta bem dada valia por meia dúzia desses enganos de Lelê, desgovernada por seu prazer cego, acreditando em qualquer êxtase dos sentidos. Não que Suzy fosse uma qualquer, mas Lelê não estava sendo honesta, pois se fosse mais sincera perceberia que inventava boa parte daquele amor. A verdade é que Lelê construíra seu romance com Suzy da mesma maneira que Belzinha criara suas ninfas imaginárias, inventando tudo aquilo antes mesmo que acontecesse, precipitando-se abruptamente, tão logo desabrochara, e, como um deus que descansa após o sétimo dia da criação, ela criou seu romance do nada e depois lavou as mãos, retirando-se para algum local distante, completamente ausente. A Terra chamava, Belzinha chamava – e nada! Lelê não estava lá, nem para Suzy, nem para Belzinha, nem para ninguém, tampouco para ela mesma.

18
Neverland

A noite de inauguração do videowall em Neverland foi a balada mais esperada daquelas últimas semanas, e todas as meninas aguardavam ansiosas a festa, apesar de não darem muita bola para o tal sistema ultramoderno de videotorpedo, embora o bendissessem, pois, graças a todo o agito em torno da instalação, Fê e Black Debby contrataram a banda eletropunk de Verma para tocar. Além disso, a DJ Índia havia preparado dois sets especialíssimos e iria rolar bebida gratuita para as freqüentadoras VIPs (àquela altura Belzinha, Lelê e acompanhantes eram a elite de Neverland) e, realmente, o evento tomou proporções de megabalada, pois até mesmo Barbie, souberam, viria de Lagoa Santa só para a ocasião.

Lelê estava totalmente envolvida com o projeto e, nos últimos dias, ficara quase incomunicável, mas agora, na noite de inauguração, Belzinha esperava encontrar a amiga um pouco mais relaxada, pelo menos a partir de uma certa hora, quando a festa bombasse. A pequena, por sua vez, chegaria a Neverland muito bem acompanhada de Wendy, que permanecera ao seu lado como havia prometido e convencera Belzinha da necessidade de encontrar uma namorada de carne e osso. Embora a pequena houvesse topado mais por julgar a caça em dupla excitante que por convencimento, acharam que, se os meios eram duvidosos, os efeitos poderiam ser surpreendentes, e, como andavam às voltas com surpresas e situações inusitadas, achando-as deveras excitantes, não viam problema em topar com mais algumas. Assim, ainda em casa, Belzinha vestiu-se para que Wendy desse a sua opinião: qual par de sapatos? Saltos? Não, Wendy dizia, sua altura é seu charme – não use saltos muito altos. Belzinha então trocava por modelos mais baixos e igualmente charmosos. A saia deve ser clara ou escura? Pode usar cores escuras, respondia a amiga invisível, mas combine com algo mais claro, porque seu cabelo é de um loiro tão branco e luminescente que não vale a pena ofuscar seu brilho com um modelo totalmente preto. Belzinha, estimulada pela firmeza de opinião e a riqueza de detalhes das justificativas de Wendy, logo se arrumou, se maquiou, ajeitou todos os pertences dentro da sua pequena bolsa e perguntou ainda mais uma vez: Wendy, você acha mesmo que está bom? Linda, você está linda, Wendy escrevia incansavelmente, numa pequena lousa que Belzinha pregara na parede para que se comunicassem, corriqueiramente, pelo menos quando estivessem em sua casa.

Chegaram a Neverland de braços dados, embora Fê, que fazia as vezes de porteira do lado de fora do clube, visse apenas uma delas e perguntasse a Belzinha se viera sozinha, pois seu convite VIP era válido para duas pessoas. A pequena respondeu que havia preferido assim, pois chegando sozinha, quem sabe, poderia terminar a noite acompanhada. Fê carimbou o pulso de Belzinha, surpresa com a audácia da amiga e feliz por sua disposição amorosa, pois a menina amargava muitos meses sem amor. A ruiva, a essa altura casadíssima com Black Debby, sentia pena da pequena, porque achava uma sorte danada dormir com sua metade todos os dias, trabalhar com sua metade todas as noites e desejava isso também para Belzinha, uma garota legal, e, embora não soubesse que ela subia as escadas de Neverland já acompanhada de Wendy, que a amava, ainda assim era verdade que a menina merecia um amor. Imperceptível aos outros, Wendy parecia um anjo da guarda ao lado da pequenina, dando pequenos puxões em sua saia para um sim e dois em sua blusa para um não, código que permanecera desde a única noite de sexo que tiveram. Belzinha aproveitava para adaptar aquela linguagem para outras funções, querendo sentir a pegada de Wendy pela puxada do tecido, o que era a coisa mais próxima de um contato corporal íntimo, depois que aposentaram a borboleta e o vibrador. Mesmo assim, ainda faziam seus joguinhos, pois as meninas perdidas podem perder-se, mas não perdem jamais o gosto pela sedução infantil e a corte de salão, típicas, tão típicas, desde as noivinhas de Safo até as priápicas levianas de Gomorra. Wendy sabia que era uma delas, e por isso, havia retornado ao olho do furacão para encontrar aquelas duas.

Belzinha estava quase pronta, Wendy sabia, para encontrar uma namorada que a tirasse daquela solidão crônica e, quem sabe, ajudando a encontrá-la, Wendy se tornaria finalmente visível. Talvez essa fosse a resposta e, embora não soubesse ao certo, Wendy tentava achar a saída, sentindo-se cada vez mais como Alice no País do Espelho ou Dorothy, em Oz, capturada. Mas, então, se lembrava de que havia sido justamente isso que desejara: atirar-se no mundo (depois de tantos anos avessa a tudo) e ser tragada por um ou dois planetas que pudessem atrai-la para suas órbitas. Assim, menos preocupada com as dimensões existentes além da imaginação que com seus sentimentos (tão misturados aos de Belzinha e Lelê), Wendy resolveu ir até o fim com aquela história que mal havia começado, essa era a verdade, pois, apesar de sentir-se ligada a Belzinha, ainda não havia se relacionado com Lelê – primeiro porque a menina nunca levara a sério seus bilhetes e, depois, porque a própria Wendy decidira tirar o time de campo, dedicando-se apenas a Belzinha e pedindo a esta que não comentasse com Lelê nem sua existência e nem a amizade sui generis que criaram do nada.

A pequena, vendo naquele segredo a possibilidade de se vingar docemente de todas as brincadeirinhas lindas e idiotas que Lelê já lhe aplicara, topou manter o segredo, embora às vezes sentisse uma coceirinha na língua, entre os lábios, principalmente depois que passava do terceiro hi-fi. Nestas horas, gabava-se com suas cortesãs de ter uma amiga invisível, assim e assado, genial, amorosa, que haviam trepado, mas elas preferiram permanecer amigas porque (imaginem!) ela me ama tanto que quer encontrar para mim alguém de carne e osso! Quando as meninas duvidavam e diziam a Belzinha que ela estava de porrinho, a pequena virava-se para o lado e pedia a Wendy (sempre ocupando um espaço vazio à sua direita) que erguesse o copo à sua frente, só para se exibir, só para que as meninas vissem o objeto flutuar, mas isso nunca acontecia, porque Wendy se recusava a tomar parte naquele tipo de exibição infantil e sem propósito. Assim, Belzinha ficava com cara de tacho, e suas fanzocas riam, achando que a rainha estava bêbada, enquanto a pequena saía num rompante, brava com Wendy, por não fazer algo que julgava simples e pedindo para ela se afastar. Depois, é verdade, se arrependia, passando longas horas sem saber se a amiga invisível estava lá ao seu lado e se voltava, perguntando: você está aí? Mas Wendy não estava, e havia momentos em que se afastava de maneira deliberada, pois, como todas as amigas, elas também brigavam às vezes. Porém, logo ficavam com saudades, e Wendy reaparecia, apesar de não poder aparecer realmente. Contudo, conseguia se fazer presente, interferindo e palpitando sobre a vida de sua pequena amiga, como aquela noite, em que aparecera mais cedo em seu apartamento, tomara um aperitivo, ajudara a menina a preparar o modelo, elogiara seus cabelos de sol branco, fizera a amiga se sentir bonita e, neste momento, a conduzia para a maior balada dos últimos meses em Neverland.

Elas se sentaram no lounge (área reservada aos VIPs), e logo Lelê apareceu, fazendo as honras da noite, pois, embora Suzy fosse a cabeça do projeto, sabia que ela era muito antipática e que não conseguiria ficar na função de hostess de uma festa, que para ela, afinal, era apenas secundária ao seu videotorpedowall. Então, acharam por bem que Lelê recepcionasse a todas, já que seu trabalho no videowall terminara, tendo ficado até poucas horas antes com a carga pesada, com o trabalho braçal, subjugada pela namorada. Mas nem pensava nisso agora, pois acabara as tarefas maçantes e, à noite, sua função era a melhor que poderia ter desejado esse tempo todo: fazer a festa e promover a balada! Talvez por isso estivesse tão feliz, e Belzinha alegrou-se ao ver a velha e boa Lelê tão animada, não por uma garota, não por uma paixão inventada, mas apaixonada pela própria festa! Lelê sentava à mesa com umas, no sofá com outras, encostava no bar e entabulava conversas interessantes, pois dominava um pouco de tudo. Dali a pouco se jogava na pista, animando a galera, exuberante, linda, porque Lelê quando estava feliz ficava mil vezes mais linda, dez mil vezes mais charmosa e um milhão de vezes mais apaixonante.

Belzinha já vira a amiga assim outras vezes, quando seu estado de felicidade não se resumia a uma garota, e Lelê conseguia contemplar o mundo amorosamente, mas esses momentos nunca duravam muito e logo sua libido se enganchava num rabo de saia.

Wendy, por outro lado, só conhecia esse último estado de Lelê, em que seu interesse se resumia a sexo, e nunca havia visto a menina encantada com instâncias metafísicas. Engraçado, Wendy pensou, Belzinha e Lelê eram perfeitos opostos, pois a primeira vivia nas altas esferas, evitando a todo custo a carne, e a outra se lambuzava em sexo, negando a transcendência. Naquele momento, ficou claro para Wendy qual era sua tarefa ali: trazer uma para baixo, erguer a outra acima e, quem sabe assim, conseguiria resolver todo aquele mistério sobre sua invisibilidade. De qualquer maneira, ao ver Lelê assim, animada com a festa, pela festa, e não porque estava atrás de uma garota, Wendy concluiu que poderia haver por ali um caminho pelo qual conduzir Lelê para instâncias mais elevadas e, desta maneira, talvez conseguisse reequilibrar as coisas. Esse caminho, sabia, passava por seu coração, como acontecera com Belzinha, pois ao ver Lelê ali, conversando animadamente com as garotas, sentiu que poderia facilmente apaixonar-se por ela. É verdade que Wendy já sentia um tesão incontrolável por Lelê, achando a sedutora muito mais gostosa que a pequena, e por isso mesmo sabia que seria infinitamente mais difícil dar conta da frustração que sucederia caso transassem, por ser invisível e incorpórea. Além disso, tinha certeza de que iria se machucar ao se envolver com Lelê, ao contrário do que acontecera entre ela e Belzinha. Medo. Será que havia sido por medo que não se aproximara de Lelê? Que covarde eu sou, pensou Wendy, perdoando-se logo depois, porque, afinal, podia permitir-se uma covardia ou outra, principalmente nos assuntos do coração. A invisível sabia que se muitos adoravam louvar a coragem no peito, outros tantos se calavam para não dizer a verdade: que muitas das maiores covardias brotam das fraquezas do coração, que seria muito melhor retratado como a moradia de ambos – coragem e covardia – pois estes sentimentos são, no fundo, dois estados da mesma matéria, e o covarde, nada mais é que o nada corajoso, e vice-versa. E, covardia por covardia, todas ali se cagavam, porque, afinal, cu existe para isso mesmo, sendo pelos orifícios que a vida se mantém e se perpetua, Wendy lera isso uma vez e jamais esquecera: não à toa, através dos orifícios desfrutamos os maiores prazeres, e através deles purgamos o substrato de nossa fome, num processo que envolve uma descida vertiginosa pelas entranhas do corpo. Pensando nisso, achou curioso que o medo estivesse sempre associado às reações estomacais de evacuação, por pelo menos dois orifícios, e sabia disso porque sentia no ventre e na garganta o medo de se meter com a menina. Mas isso seria inevitável, como a própria vida, e a invisível suspeitou que, talvez, o momento de se envolver com Lelê tivesse chegado, pois sentiu algo no ar e não era apenas o clima de festa.

Para dar conta daquele megaevento, Lelê, Fê, Black Debby e Suzy se dividiram. Black Debby ficou com Neverland propriamente dito, supervisionando a bebida, a comida e as novas funcionárias, contratadas especialmente para aquela noite: duas garçonetes e uma segurança para qualquer eventualidade, pois, embora não fosse provável, também não era impossível acontecer uma ou outra briga. Fê não poderia empenhar seus braços fortes e gordinhos nessa tarefa policial, porque estava encarregada, além da portaria, de colocar o show da banda de Verma em cima do palco pontualmente às vinte e duas horas, senão Suzy, que detonaria o videowall logo depois do show, torceria seu pescocinho sem dó, pena ou compaixão.

Foi então que, apenas cinco minutos depois do programado, o quinteto de Verma, chamado Cólica, subiu no palquinho de Neverland e as meninas mandaram ver na primeira canção – uma mistura de Breeders e Mercenárias. A surpresa foi geral. Lelê cutucou Belzinha, dizendo que não sabia que Verma tocava guitarra tão bem e que a banda era tão boa, ao passo que a pequena, que sabia que sua cortesã tocava, mas não tão bem, respondeu para Lelê que não sabia que a baixista era tão linda! Olha, apontou Belzinha, aqueles olhos puxados, mas só levemente, os lábios, que reparou, eram meio carnudos, e aquele cabelinho preto espetado é tudo, Lelê! Ao ver a amiga assim, entusiasmada por uma garota depois de tanto tempo, a sedutora até concordou que a baixista era bonitinha, apesar de se incomodar com um dente molar que lhe faltava, tão atenta à simetrias, embora não se importasse tanto com beleza. Lelê, querendo dar uma força para sua pequena amiga, disse a Belzinha que iria descobrir tudo a respeito da tal baixista, para depois vir lhe contar. Era só o show terminar e ela viria com a ficha completa, pois fazia

Balada para as meninas perdidas

gosto naquele namoro (que namoro, Lelê?) e queria retribuir a Belzinha por todos os serviços de espionagem prestados. A pequena, apesar de achar que a amiga colocava o carro na frente dos bois, mas ainda assim tentada a aceitar seus serviços, negou aquele auxílio, porque sentiu dois puxões na sua blusa, o significava que Wendy não achava aquela uma boa idéia. Assim, a pequena declinou, mas disse que adoraria conhecer a baixista depois que o show terminasse e que pediria a Verma para apresentá-las. Seria melhor assim, Belzinha completou, e Lelê não precisaria se incomodar, dizendo isso de maneira tão doce e amorosa que a interlocutora surpreendeu-se, esboçando um leve sorriso, pois notava que sua pequena amiga se portava de maneira diferente, um pouquinho mais adulta e cool além da conta.

Belzinha parecia mover-se como se estivesse apoiada em certezas, e Lelê até sentiu uma ponta de inveja, pensando o que a pequena havia aprontado para mudar assim, de uma hora para outra, e que brilho era aquele em seu rosto? De súbito, percebeu que sua amiga estava a ponto de desabrochar como uma flor noturna, como uma borboleta saída de uma crisálida, transformada. Lelê vislumbrou uma Belzinha ligeiramente diferente, o que bastou para que se lembrasse, durante este breve lapso, de que ela própria estava presa a um padrão, uma estase, e que havia tempos não provava algo novo, a despeito de todas as suas novas e passadas namoradas.

A segunda música terminou, e as meninas urravam na platéia. Belzinha estava encantada com a baixista, Lelê fascinada pela banda e apenas Wendy parecia não se empolgar, pois ficara com ciúmes do jeito que a pequena olhava para o palco, então, menos por respeito a sua privacidade que por sentir-se ferida, abandonou a pequena para grudar na sedutora. Lelê dançava animada, sem descuidar de sua função de hostess. Olhava ao redor para checar se estava tudo ok, não com muita vontade, é verdade, pois Suzy era muito estressada, e se detectasse seu olhar atento poderia solicitá-la para alguma coisa chata. Assim, procurou se esconder na multidão que assistia ao show e dançou música após música, desta vez apenas pelo prazer que isto lhe proporcionava, e não porque desejava seduzir alguém – Lelê dançava para ela mesma.

Wendy, ali ao lado, percebendo pela primeira vez uma Lelê satisfeita consigo, só consigo, se espantou com o que viu: uma menina absurdamente fascinante, abundantemente linda, inexplicavelmente adorável, tremendamente sensual e irresistivelmente gostosa. Se pelo menos ela soubesse o poder que tinha! E então Wendy percebeu que, além de sentir tesão, iria se apaixonar por Lelê. Merda! Ela sabia que essa paixão poderia esfacelar-se com a primeira olhadinha cafajeste da sedutora para qualquer uma que não valesse a saliva de uma paquera, não por olhar, mas porque olhava para quem sequer merecia um olhar seu. Depois, achou melhor não considerar esse tipo de coisa, afinal, quem era ela para impedir que Lelê namorasse ou olhasse cafajestamente quem quer que fosse? Wendy era invisível, incorpórea, e jamais provaria o corpo, o gosto e o amor físico daquela menina que, ironicamente, trazia uma tatuagem de sereia no braço, cantando para atrair desavisados, desviando embarcações, atirando-as contra os rochedos e mergulhando depois em águas profundas e silenciosas.

Terminado o show, Lelê e Belzinha foram ao camarim improvisado na despensa da cozinha de Neverland, e Verma, ao ver a rainha entrar para cumprimentá-las, logo inverteu a situação e caiu de joelhos aos seus pés – parecia que Verma era a fã e a pequena, a que acabara de sair do palco. Constrangida com a cena, pois não queria que a baixista do Cólica tivesse uma má impressão sua, Belzinha pediu que Verma se levantasse e disse que era ela quem deveria ajoelhar-se, apesar de omitir que desejava fazê-lo, na verdade, diante da baixista, que àquela altura já observava, curiosa, a brincadeira de corte entre a guitarrista de sua banda e aquela menina pequenina de cabelos tão claros como luz branca e intensa. Lelê, querendo quebrar o constrangimento, logo se apresentou à baixista: oi, eu sou Lelê e estou organizando a festa junto com a Fê e a Debby, tudo bem? Se a amiga omitiu o nome da namorada (Suzy) intencionalmente ou não, Belzinha não soube dizer, mas aproveitou a deixa para rasgar um elogio, dizendo à garota que ela era muito boa e, por falar nisso, como se chamava?

Puxa, obrigada aí, disse a baixista, o pessoal costuma me chamar de Cu. Cu? Pois é, a menina explicou, quando a gente entra pra uma banda punk tem que inventar um nome marcante, mas pra falar a verdade esse já era o meu apelido quando eu era adolescente – Cu de coelha, porque eu tinha os dentes muito saltados, explicou. E, à medida que ia contando pequenas peculiaridades suas (como que havia corrigido os dentes, mas depois arrancara o molar de propósito), Cu revelava que além de excelente baixista era muito cool, pois falava de si com tanto desprendimento, cativando a todos ali com seu charme desajeitado, que seria capaz de amolecer a mais dura rocha com sua verve displicente. E, de fato, até Verma, que era cega por sua rainha, percebeu que Belzinha começava a olhar para Cu com olhos apaixonados.

A pequena realmente parecia encantada, querendo provocar uma impressão forte: olha Cu, quando eu disse que tinha te achado boa, eu realmente quis dizer isso, sabe? Eu não costumo dizer coisas só para agradar, ressaltou, mentindo, pois vivia dizendo coisas para agradar, embora tenha achado Cu muito boa mesmo, mas queria tanto que ela soubesse disso, que se desinibia agora, tentando convencê-la de seu sincero apreço.

Puxa, obrigada aí, agradeceu a baixista, meio tímida até, com aquele jeito só metade blasé de uma punk fora de época. Como você se chama? Belzinha, disse a pequena, que naquele minuto, instintivamente, procurou por Wendy, fazendo pequenos sinais com as mãos atrás de si, como estivesse pedindo socorro (o que faço agora?), mas Wendy àquela altura já havia se retirado da despensa para seguir com Lelê, porque a chave para o mistério passava pela menina e também porque ficara morrendo de ciúmes dos olhares trocados entre Cu e Belzinha. Percebendo que Wendy havia saído, pois não fizera qualquer sinal visível, nem puxara sua blusa ou sua saia, Belzinha primeiro ficou apreensiva, e depois relaxou, confiando que a amiga invisível a deixara porque talvez fosse aquela a hora de mergulhar sozinha e, de fato, quando se deu conta de que estava a sós com a baixista, que o camarim improvisado estava vazio, que as outras meninas da banda já haviam guardado os instrumentos e estariam, provavelmente, bebendo no balcão (porque a inauguração do video-torpedowall estava para começar), Belzinha decidiu permanecer ali com Cu, pois aquela conversa estava bem mais interessante, e se perdessem a hora não iriam se importar.

———

Suzy estava em pânico. Ninguém ali se sentia muito à vontade para entrar na cabine e gravar um torpedo que fosse transmitido no videowall, mesmo com imagem e áudio distorcidos. As meninas estavam adorando a festa, a pista estava cheia e a DJ Índia mandava ver na pickup, mas ninguém ali dava a menor bola para aquele tal de videotorpedo. Suzy, achando que aquilo era inibição, chamou Black Debby num canto, a despeito de suas diferenças, e sugeriu que a casa oferecesse algumas rodadas de bebidas grátis para animar as garotas. A gerente, que era clarividente e sabia onde tudo iria terminar, contra-argumentou polidamente que as meninas pareciam bem animadas (e de fato estavam), e que inibição não era o problema, insinuando que o videoprojeto, ao contrário, havia flopado. Suzy, entretanto, não se convenceu – alguém teria que fazer alguma coisa! Como Fê estava às voltas com a desmontagem do show e não poderia ajudá-la, só restava pedir socorro a Lelê, sua namorada e também organizadora do evento, que certamente não lhe negaria qualquer favor.

Mas o que eu posso fazer? Sei lá, berrou Suzy, vai lá na cabine e manda um torpedo! Alguém tem que começar a bagaça!

Lelê sabia que, se àquela altura Suzy chamava o próprio projeto de bagaça, era porque as coisas não iam bem, e, para que a situação não piorasse, disse à namorada que ok, ela iria gravar um videotorpedo e ela que ficasse calma. Contudo, praguejou intimamente, pois estava se divertindo com a festa e não queria se meter numa cabine escura, sozinha. Além disso, justo agora que se entretinha sem nenhuma paquera em vista, a namorada vinha lhe pedir que escolhesse uma menina para videotorpedar, ainda que de brincadeira! Sem muita vontade, tentou pensar em algumas garotas, mas engraçado, nenhuma lhe ocorria, nem mesmo Barbie, que chegara um pouco antes do show e carinhosamente cumprimentara Lelê e as outras cinco, que deixara de coração partido antes de voltar para Lagoa Santa. Estranho, pensou Lelê, Barbie não despertara um músculo seu, um nervo, e, para falar a verdade, nenhuma menina ali, nem mesmo Suzy, levantava nervo, músculo ou nada seu.

Saco! Justo agora, que estava sem pensar em paixão, era obrigada a se inspirar! Quantas vezes tivera que driblar a vista atenta das namoradas para ganhar um beijo de amante, um amasso num canto ou uma declaração de amor, e agora, que teria que escolher uma menina para paquerar, nenhuma lhe vinha à mente. Ela entrou na cabine, sentou-se no banquinho e, antes que apertasse o botão para iniciar a gravação, acendeu um cigarro e pôs-se a pensar no que dizer, quem xavecar, sem perceber, claro, que Wendy estava ali ao lado o tempo todo, tão imperceptível que até o texto acabou se esquecendo dela.

Por isso, Wendy sentia que precisava tomar atitudes para se fazer presente. Então, quando Lelê abriu a bolsa para guardar o maço, a invisível apanhou seu batom e, como havia feito com Belzinha, rabiscou na parede da cabine: oi. Lelê congelou. O que era aquilo? Seu batom flutuou no ar e escreveu um oi! Como era uma menina corajosa, de sangue frio quando preciso, ela apenas continuou ali, observando seu batom prosseguir: Wendy; bilhetes. Lelê, ainda abismada, lembrou-se da tal menina dos bilhetes que alegava ser invisível e se chamava Wendy. Caramba! Então aquilo tudo era verdade?

Não! Não é possível, considerou Lelê, que, ao contrário de Belzinha, não acreditava em ninfas, nem espíritos. Ela era céptica. Assim, disse para si mesma que o batom flutuante era só um truque barato, que aquilo deveria ser uma pegadinha de Suzy (ou Belzinha) e, como não engolia sapo, apagou o cigarro e ameaçou, despeitadamente: Wendy, se você está aqui quero ver se é capaz de tirar a minha blusa!

O que soara inusitado e até ousado era justamente a cantada putana que pretendia gravar naquela cabine, só por desforra, mas que pareceu caber ali direitinho como provocação. Lelê caiu na gargalhada, embalada pelo segundo uísque, crente, é claro, que ludibriava quem tentava lhe enganar, pois jamais teria sua blusa arrancada, já que pensava não existir tal garota invisível. Contudo, isso foi menosprezo, visto que mexeu com os brios de Wendy que, nem sabia, tinha esse poder e, em dois segundos, rasgou a blusa da menina, que ficou perplexa, mas não cobriu com os braços os seios, expostos para uma Wendy invisível e igualmente surpreendida pelo seu próprio ímpeto e pelos peitos impossivelmente belos de Lelê.

Choque. Lelê, pela primeira vez, paralisava diante de uma mulher (se é que se poderia chamar Wendy de mulher), mas, mesmo sem reação, e talvez até pelo absurdo da situação (ela é invisível!), sentiu um arrepio que logo se transformou em tesão (ela arrancou minha blusa!), que subiu por entre as coxas até os bicos dos seios ali expostos (e aí, faço o quê?). Wendy, desesperada para tocar, falar, beijar e ser vista, escreveu: amor.

Boceta! Era como se a garota invisível conseguisse ler seus pensamentos! Então faço amor? Lelê simplesmente não resistia a estas quatro letras, como se entregava também àquelas outras quatro (sexo) e, embora tivesse decidido não se meter noutra paquera, pelo menos por uns tempos, sabia que seria difícil abandonar velhos hábitos. Porém, acreditando que aquilo não se configurava uma rapidinha clássica, mas algo raro e inusitado e que, portanto, deveria ser explorado, pois era aventureira, resolveu deixar que Wendy a conduzisse.

Tá bom, ela disse, ainda meio sem acreditar que falava com as paredes, o que você quer que eu faça? O batom levitou novamente e escreveu: mão. Lelê então ergueu a sua mão direita, sentiu algo mais leve que o ar movê-la e, como se fosse levada por uma força quase imperceptível, acariciou os próprios seios, deteve-se nas auréolas, subiu aos lábios, lambeu os dedos, desceu de novo, circulou nos bicos, até que eles endurecessem e a pele arrepiasse.

Era incrível como tudo acontecia sem que ela controlasse: primeiro a sua mão desceu por sua barriga, firme e lentamente, contornou o umbigo, baixou até as coxas, levantou a saia e entrou por dentro da calcinha; lá, sentiu seu sexo quente; depois levou os dedos entre os pêlos curtos e separou os lábios, procurando a fenda para umedecer as pontas; estava molhada e seu dedo lambuzou-se; a palma da mão repousou sobre o seu clitóris, inteira, enquanto o dedo médio se enfiava em sua boceta molhada, mais, mais e novamente, mais; mais movimentos lentos; o dedo fincado, demorando-se; a palma sentindo o clitóris, rijo; os dedos firmes, úmidos, saindo para acariciar o clitóris, teso; a boceta, aberta; o coração pulsando lá embaixo; os dedos circulando em volta do clitóris e depois entrando de novo na boceta saudosa, ensopada; estocadas firmes e mais rápidas; carne macia em volta; o dedo dentro e o clitóris contra a palma, intumescido; ele elétrico e ela molhada; o gozo chegando, próximo; gostoso; gostoso, contra a palma; o dedo entrando, gostoso; estocada; boceta ensopada; estocada, palma, palma gostosa, dedo, estocada, clitóris, gostoso, palma, clitóris, palma, boceta, gozo, gozo, gostoso, gozo, gozo e o gozo vindo, gozo, gozo e gozo acontecendo, mais, mais e mais gozo, gostoso; delícia!

Lelê gozou e ficou ali, nervos, veias e músculos reverberando, até que se lembrou que qualquer pessoa poderia entrar naquela cabine a qualquer momento, e, de fato, foi só pensar nisso que a cortina se abriu e Suzy apareceu, aflita com a demora da namorada para gravar seu videotorpedo. O que é isso?

O que seria um flagrante de adultério (pois Lelê estava na cabine com Wendy, invisível) era para Suzy pura sem-vergonhice: sua namorada batendo punheta em local público! Lelê tirou a mão de dentro da calcinha, baixou a saia e tentou fechar novamente a blusa, em vão, pois todos os botões haviam sido arrancados. Para se justificar, emendou desastradamente que estava ensaiando um videotorpedo, o que soou pior, pois Suzy interpretou aquilo como desprezo pelo seu trabalho e gozação pura, o que não deixava de ser verdade.

Aquilo havia sido ultrajante! Suzy se sentiu humilhada por razões que se amontoavam: porque havia pedido um simples favor para a namorada e não fora atendida; porque seu videotorpedowall era um fracasso; porque Lelê preferia gozar sozinha; porque ninguém parecia se importar com sua dor e a festa rolava solta. Puta, fechou a porta da cabine, sem falar mais nada.

Lelê deu um jeito de fechar a sua blusa com um grampeador que lembrava ter deixado ali quando montara a cabine, dois dias antes. Enquanto dissimulava o clima estranho que havia se instaurado entre ela e Wendy, Lelê quase não pensava, temerosa que a invisível pudesse, como desconfiava, ler seus pensamentos. Clec, clec, clec, ela grampeava a blusa, preocupada em sair de lá o quanto antes, quando a invisível ergueu o batom e rabiscou mais algumas palavras:

não conte Bel. Claro que eu não vou contar para a Belzinha, Lelê respondeu, mesmo porque ela é muito impressionável e vai pegar no meu pé querendo saber mais. Além disso, completou, essa história não vai continuar, não é mesmo?

Wendy gelou ao ouvir Lelê decretar o fim ali mesmo, pois embora tivesse desistido de Belzinha, acreditando que a menina precisasse de uma garota de carne e osso, achava que Lelê, ao contrário, necessitava de uma garota como ela, invisível e incorpórea. E assim, dura e fria como a lâmina de um machado, Lelê rompeu o laço com Wendy, saiu da cabine sem olhar para trás e se atirou na pista, no meio das garotas, pois queria festa, estava com tesão na festa, com vontade de fazer amor grupal e indistinto, manifesto e redivivo naquela dança neotribal orquestrada pela DJ Índia.

Tum-tsh-tum-tsh, a música enfim havia chamado todas ali: Lelê, Belzinha, Cu, Fê, Black Debby, Verma, Celly, Emília, Gigi, Barbie e as outras cinco, todas as meninas de Neverland em círculo, mas não Suzy, que saíra para nunca mais voltar, e tampouco Wendy. Contudo, a garota invisível ainda permanecia em Neverland, embora observasse, apenas, distante, porque sabia que não importava se estivesse junto às meninas, dançando, ou emburrada num canto – ninguém conseguiria enxergá-la mesmo. E lá, deslocada, por trás dos seus óculos Ray-ban, ela via com que facilidade aquelas meninas se esqueciam dela.

TERCEIRA PARTE

19
Wendy

Alguns acham tolice a versão de Aristófanes para a origem do amor, nascido da eterna necessidade que cada pessoa tem de unir-se à metade perdida na antiga cisão, quando seres de oito patas e cabeças duplas foram partidos em dois e passaram a carregar a lembrança da união em seus respectivos sexos. Mas se quisermos provas concretas, mais que vã filosofia, podemos então contar os cromossomos de nossas células sexuais (óvulos e espermatozóides) para constatar que são as únicas com vinte e três deles, metade do que possuem todas as outras células do corpo, tendo, portanto, que se fundir para se perpetuar, carregando eternamente dentro de si a sina de ser metade. Será por isso que os bebês já nascem chuchando? Talvez. Pois mesmo que não haja peito a boca parece saber instintivamente que a falta, o oco, o vazio, precisa ser preenchido.

Assim, as meninas perdidas, como todas no mundo, buscam saciar a mais simples das necessidades – a fome de amor – com ambas as bocas. E por não poder beijar nenhuma daquelas meninas com qualquer de suas bocas, invisível e incorpórea, Wendy começou a achar que não estava destinada a nenhuma delas (ou ao amor), porque, se era verdade que as pessoas procuravam a metade que lhes faltava, a metade de nenhum corpo era nada.

Alguns dias depois da festa de inauguração do malfadado videotorpedowall, quando Belzinha a convidou para estar presente no primeiro encontro a sós com Cu em sua casa, Wendy relutou, a princípio, tomada por pressentimentos e ciúme, mas achou que haveria um sentido em tudo aquilo e que seria o mínimo que poderia fazer por sua pequena amiga, já que a convencera da necessidade de uma namorada de carne e osso. Contudo, Wendy sabia que seria difícil agüentar aquilo, como de fato foi: Cu chegando, não com flores, mas com cactos, lindos, e as pernas de Belzinha ficando bambas; a falta de jeito da pequena, perguntando se a baixista queria tomar poltrona, pedindo que se acomodasse na bebida, e Cu, naturalmente, respondendo que preferia beber sofá e se esparramar na cerveja; a risada aberta e franca que quebrou o gelo; o elogio que Cu fez à cerveja gelada e à roupa de Belzinha, nesta ordem; as bochechas avermelhadas da pequena; o jeito à vontade da baixista, fuçando seus CDs; Cu colocando Kimberly da Patti Smith; little sister the sky is falling, I don't mind, I don't mind; os elogios trocados (tinham bom gosto para discos, e para livros também); empolgadas, conversaram sobre várias coisas, coincidentes o suficiente para que se admirassem profundamente, e discordantes o bastante para que nada se tornasse monótono; tudo isso, sem descolar os olhos, a não ser nos momentos em que Belzinha os baixava, charmosos; elas, o tempo todo, com dois sorrisos enormes nas bocas; a pequena dizendo que aquele dente de Cu não fazia falta, gostava dela assim, sem molar; o beijo que Belzinha roubou na boca de Cu; a mão de Cu na coxa de Belzinha; os lábios colados e as línguas se conhecendo, demoradamente, alheias a tudo; alheias a Wendy, que fora convidada para estar presente naquele encontro para dar apoio; a sensação de estar sobrando; a vontade de sair dali; os olhos de Belzinha, fechados; as respirações esfomeadas; o som das bocas e línguas se deliciando; a dor no peito.

Se pudesse teria saído dali, violentamente, batendo portas, mas Wendy achou melhor se conter, embora escorressem lágrimas, contra sua vontade, algumas por raiva, outras por frustração, umas por ciúme e as mais amargas por aquele abandono atávico. Saiu do apartamento de maneira discreta, sem que a pequena percebesse, da mesma maneira que procuraria sair de sua vida algumas semanas mais tarde.

No início, porém, Wendy achou que suportaria permanecer ao lado da pequena. Belzinha enamorou-se logo, porque Cu era mesmo uma pessoa maravilhosa, cheia de encantos, sensível, atenta às necessidades da pequena, mas dura quando era preciso e honesta, como quando não hesitou em dizer a ela que aquela sua corte de meninas era excessiva, enjoada, apesar das garotas serem boas pessoas. Belzinha, a princípio, sentiu sua vaidade ferida, mas amando uma punk que detestava adulação, notou que aquela brincadeira de corte e rainha perdera sua graça e consentiu em liberar suas cortesãs das amarras de sua nobre e casta sedução, estampando no rosto e demonstrando em cada gesto que a rainha não ostentava mais coroa, e só tinha olhos para sua adorada, Cu.

Ao observarem Belzinha de quatro por Cu, como nunca a viram antes, suas cortesãs primeiro ficaram enciumadas, depois recearam o abandono, em seguida constataram que não havia jeito e se conformaram, até porque, mesmo que Belzinha e Cu se recusassem a chamar aquilo de namoro, a relação das duas não parecia outra coisa. Certa noite, sem que esperasse, Cu apareceu em seu apartamento com uma sopa e um saco de água quente para aliviar uma cólica, e ainda dormiu abraçadinha a ela. E aos sábados, dizia, as duas iam ao cinema e depois jogavam pebolim e fliperama, se divertindo como se fossem irmãs. Mas aos domingos, Belzinha fazia questão de dizer, passavam o dia na cama fazendo amor e ouvindo música.

Se isso não era namoro, Wendy não sabia dizer o que era. Mesmo assim continuou a se encontrar com Belzinha, geralmente em Neverland, ocasiões em que a pequena lhe contava tudo o que acontecia em sua vida: que Cu odiava aquela adulação toda ao seu redor; que não acreditava em espelhos; que para seduzir Cu havia quebrado o globo de espelhos, aquele que Wendy recomendara estilhaçar; que sem corte para lhe fazer lisonjas e, sentindo falta de um afago, colocara seu coração nas mãos de Cu; que uma noite chorou na sua frente e a punk lhe estendeu um lenço, oferecendo o colo, depois preparou um chá e a fez dormir; que Cu parecia enxergá-la como era, realmente; que por isso lhe contara sobre o globo de espelhos; que Cu adorou a imagem e sugeriu que ela transformasse aquilo em letra para uma música sua; que ficou lisonjeada e depois aflita com a tarefa; que se lembrou do bilhete e escreveu sobre duas garotas que não conseguiam se tocar, uma que era invisível e a outra, um globo de espelhos; que se encheu de coragem e mostrou a Cu a letra; que Cu havia amado o que escrevera; que Cu detestava adulação, mas amava belas palavras; que ela descobrira que era boa naquilo;

que Cu disse que ela era boa naquilo; que Cu a convidara para ser letrista da banda; que nessa mesma noite Cu também confessara seu amor; que ela, que já desconfiava de seu amor, pois o esperava, havia puxado Cu para perto, subindo nas pontas dos pés, lhe dera um beijo apaixonado e dissera que, então, era sua namorada; que Cu havia se arrepiado com sua pegada, por ser tão pequena e com uma fome tão imensa; que ficavam perplexas, a cada dia que passava, com a improbabilidade daquele amor e a facilidade com que emergia e se consolidava; que o amor havia transformado tudo.

Foi então que Wendy percebeu que não havia mais lugar para ela na vida de Belzinha. Entre ensaios da banda, trampo, baladas em Neverland e namoro com Cu, sobrava quase nada para Wendy. Belzinha não tinha tempo para ela, e, sempre que reclamava, eram as mesmas três palavras, a mesma seqüência intercalada de escusas – estou sem tempo, estou sem tempo, me desculpe, estou sem tempo – até que Wendy se cansou de esperar por Belzinha.

Mas, e Lelê? A princípio Wendy imaginou que seria fácil relacionar-se com ela, pois Lelê era a mais extrovertida, a mais namoradeira, a mais despudorada, a mais aventureira, a mais inconseqüente e a mais sem-vergonha das duas e, portanto, cederia aos seus encantos. Dera com os burros n'água, isso sim, pois não contara com um único e importante detalhe: Lelê era incapaz de vê-la e tocá-la, algo crucial para uma sedutora. A menina lhe dissera ali mesmo, na cabine, depois que fizeram amor, que não considerava aquilo uma trepada de fato, e que, na verdade, ela havia se masturbado, sim, levada por um desejo, mas que da parte dela não passava de pura provocação. Wendy lembrava-se de haver respondido a ela que sexo era provocação, assim, em poucas palavras, pois não tinha meios para mais. Cafajeste! Lelê lhe chamara de cafajeste e respondera que sim, até que gostava disso, de mulher cafajeste, mas sentia falta do olhar e jamais se apaixonaria por quem não olhasse nos olhos.

No dia seguinte à festa (e ao sexo na cabine), se encontraram num cybercafé, por insistência de Wendy, que desejava conversar mais fluentemente com Lelê para se explicar melhor, pois tinha a impressão de que a menina não havia entendido suas razões. A garota invisível frustrou-se mais uma vez, ao perceber que, mesmo através da web-câmera, Lelê não conseguia enxergá-la. Por outro lado, descobriram no computador uma ótima maneira para conversarem, e Wendy conseguiu convencer Lelê a ajudá-la a resolver o mistério de sua invisibilidade, já que não iriam namorar mesmo. Lelê, que gostava de aventuras e de coisas inusitadas, topou ajudar Wendy e achou bem mais confortável ser apenas sua amiga, embora sentisse ainda um certo incômodo. Mesmo assim aceitou iniciar um relacionamento virtual (havia algo ali, admitia, e o que poderia perder?), de modo que passaram a se encontrar naquele cybercafé todos os dias para teclar e trocar idéias.

A garota invisível exultava por conseguir trocar impressões mais extensas e profundas, não monossilábicas, em tempo real, e por poder conhecer Lelê um pouco mais, pois sabia que por mais que a observasse, só poderia conhecê-la realmente se interagisse com ela, se interferisse e modificasse a sua vida, sendo a recíproca verdadeira. No início, ainda sentindo uma dor de cotovelo estranha por causa de Belzinha, Wendy achou que havia sido um erro paquerar Lelê, sentindo-se cafajeste, mas depois se conformou, concluindo que agira menos por falha de caráter e mais porque se desesperava, sem saber o que fazer. Wendy finalmente achou que havia encarnado o rei Midas, que transformava em ouro tudo o que tocava e tornava cega toda menina que desejava. Tudo bem, o amor é cego, ela escrevia, e Lelê respondia que amor podia ser cego, mas que o amante deveria fazer amor com a luz acesa. Nessas horas Wendy sentia cinco adagas afiadas no coração e deixava de teclar, enquanto Lelê, no computador ao lado, pedia desculpas. A garota invisível se calava sobre a lágrima que deixava escapar, recolhia um fio de clareza em sua mente, semelhante ao das adagas, e voltava a teclar: eu entendo.

Porque era verdade – ela entendia. Mesmo sentindo desejo por Lelê, saudades de Belzinha e falta de sua metade, Wendy se agarrava à esperança de resolver o enigma sobre a sua invisibilidade, e havia intuído que o caminho passava por Belzinha e Lelê. Se já havia tentado a pequena, teria que encarar agora a sedutora. No entanto, se Belzinha havia de alguma forma retribuído o seu amor, pois até desenvolveram uma amizade, no caso de Lelê as coisas pareciam complicadas. A pequena sabia apreciar um amor platônico (o único modo de Wendy manifestar-se eroticamente), mas Lelê não via a menor graça naquilo e se não podia relacionar-se fisicamente com Wendy, Wendy não existia amorosamente para ela. Por isso não adiantavam as cantadas ou dizer que ela era a mais gostosa de Neverland, o que era verdade. Cafajeste, Lelê devolvia, não brava, mas sem sentir a menor vontade de travar um jogo de sedução.

Se resolvera encontrar a menina invisível pelo inusitado da coisa, e depois continuara com os cyber encontros para tentar ajudá-la, aos poucos, Lelê percebeu que teclava com Wendy na esperança de resolver seu próprio dilema, desesperada para romper aquele ciclo aprisionante de namoros que sempre acabavam cedo demais. Assim, mesmo não se sentindo atraída por Wendy, mas porque precisava de companhia, Lelê passou a sair com a menina também todas as noites para dançar em Neverland e, pela primeira vez em muito tempo, foi vista sozinha, sem namorada a tiracolo, entretendo-se com alguma outra coisa que não era uma garota. Toda a turma, inclusive Belzinha (que nem imaginava que a amiga conhecia Wendy, ou que Wendy estivesse lá), estava crente que Lelê havia se livrado, finalmente, do medo de ficar só.

Numa das vezes que conversaram no cybercafé, Lelê contou a Wendy que se incomodava com a própria solidão, e a garota invisível sugeriu que talvez fosse medo, e por isso Lelê emendasse uma namorada na outra. Não tenho medo de nada, teclou a menina, ofendida. Wendy, paciente, lembrou a Lelê que ela jamais conseguiu morar sozinha e que, depois que Suzy a tinha posto para fora de casa e desaparecera de vez, Lelê passara uns dias no apê minúsculo de Belzinha, depois na Fê, até mesmo no cafofo da Verma, e assim por diante, fazendo uma espécie de rodízio, e que, provavelmente, esperava pela próxima namorada, que talvez possuísse uma casa para levar suas malas.

Diante dos fatos assim expostos, Lelê admitiu um certo receio, mas teclou que a invisível se enganava a respeito de esperar a próxima namorada, porque sentia uma coisa estranha agora, que nunca havia sentido antes: nenhuma garota parecia capaz de despertar seu interesse. O que havia acontecido? Wendy respondeu que

Balada para as meninas perdidas

aquilo deveria ser uma fase (importante, veja bem), e que logo Lelê voltaria a se interessar por outra garota. Lelê, contudo, disse que, se era para acabar cedo demais, melhor nem se apaixonar, e então Wendy percebeu que a menina estava cansada e que, afinal de contas, todas aquelas separações haviam doído. Talvez Lelê estivesse mesmo mudando.

Foi então que Lelê, pela primeira vez, pediu a Wendy que a ajudasse e que ficasse com ela enquanto aquela sensação persistisse. Durante algum tempo, as duas continuaram a se encontrar no cybercafé e a se jogar nas baladas de Neverland, e, embora Lelê não pudesse enxergar Wendy à sua frente, achou quase reconfortante saber que a invisível estava lá, chegando a convidá-la para que dividissem um apartamento. De jeito nenhum, respondeu Wendy, que, apesar de desejar isso, sabia que Lelê ainda sentia um certo incômodo pela sua invisível incorporeidade, e que aquele convite era apenas desespero e recaída de seu medo de solidão. Assim, preferiu incentivá-la a alugar um apartamento só para ela, pois estava mais que na hora de Lelê aprender a viver sozinha. Quem sabe depois disso, quando descobrisse quem era, como era e o que queria, ela estaria então pronta para acolher um amor que não morresse cedo demais. A fórmula era simples, Wendy teclou, agora decidida a guiar Lelê, e fora recomendada por Evangeline Musset no Ladies Almanack: nunca queira nada que você não tenha, nunca tenha nada que não permaneça e não deixe nada sobrar.

E, de fato, foi só Lelê deixar de se distrair entre de um par de coxas que, pouco depois, algo decisivo para a sua vida aconteceu. Uma noite, antes de subir ao palco, a vocalista do Cólica surtou, brigou com Verma, ameaçou bater em Cu, armou a maior crise na banda e decidiu que era boa demais para perder seu tempo se apresentando todo fim de semana num clubinho alternativo e mínimo, como Neverland, e que aquele seria seu último show. Cu, que não era do tipo que partia para violência, mas também não engolia sapo, disse à menina que arrumasse as coisas e fosse embora imediatamente, antes mesmo da apresentação, e que a banda não iria precisar dos serviços dela – de péssima qualidade, aliás. Com a vaidade desmontada, pois se achava imprescindível, a menina pegou suas coisas e se mandou, deixando o resto da banda

139

com um abacaxi na mão, pois a casa estava cheia e elas não queriam frustrar o público. Além disso, Black Debby havia dito que aquela noite seria importante, pois uma amiga dela, que tinha um selo independente que só gravava meninas, estava lá especialmente para assistir ao Cólica.

E agora? Cu ponderou que talvez alguma delas pudesse assumir os vocais, mas desistiu da idéia logo em seguida, pois sabia que era desafinada, que Verma era muito tímida, a tecladista muito ocupada com a eletrônica e a baterista não conseguiria tocar, mascar chiclete e cantar ao mesmo tempo. Pensaram então em cancelar a apresentação, quando Lelê, que desde a noite da inauguração do videowall se tornara uma espécie de musa de Neverland e animadora oficial da balada, tendo a função específica de fazer a festa acontecer, entrou no camarim preocupada com o atraso e intimando a banda para subir ao palco.

O público está enlouquecido, vocês têm que entrar! Cu então contou a Lelê sobre a saída da vocalista e que elas estavam pensando em cancelar o show. Nem pensar, retrucou Lelê, preocupada com o clima de frustração que iria rolar. A baixista disse então que se Lelê achasse alguma menina desinibida, afinada, que soubesse de cor todas as letras do grupo e que topasse subir com elas ao palco, elas fariam o show. Bom, Lelê respondeu, vocês já têm um monte de fãs, e muitas delas dariam o sangue para subir no palco e cantar com a banda. É, mas quem, perguntou Cu. Por um momento, um silêncio aflito tomou conta do camarim e, então, Lelê, somente ela, que se olhava no espelho para arrumar o cabelo, notou um batom jogado na pia erguer-se e escrever na louça: Lelê canta.

Wendy, sua puta! Lelê não podia acreditar que a invisível estava dizendo isso mesmo: que ela deveria subir ao palco com as meninas do Cólica! É verdade que as duas, Wendy e Lelê, já haviam teclado muito sobre a banda, pois a garota invisível orgulhava-se que Belzinha estivesse escrevendo as letras e Lelê, desde a primeira apresentação em Neverland, ficara tão fã do Cólica que sabia de cor todas as músicas, inclusive a mais recente, de autoria da amiga. Assim, pressionada pela festa que não poderia parar, estimulada pela sugestão de Wendy e levada por um impulso íntimo, e até aquele momento desconhecido, Lelê topou ser vocalista do Cólica naquela noite.

E, então, tudo pareceu transformar-se com a velocidade de um furacão. A performance de Lelê fora um sucesso: a menina tinha carisma, era bonita, provocava o público e cantava lindamente, como a sereia em seu braço. No dia seguinte ao show, Lelê deixou um e-mail para Wendy no cybercafé, contando tudo o que sentira: Wendy, foi maravilhoso; assim que pus os meus pés no palco eu senti uma coisa que nunca havia sentido antes; depois vi somente as luzes e uma imensidão negra à minha frente, enfumaçada; quando a banda tocou os primeiros acordes, e eu vi aquela multidão de cabeças pulando, não tive a menor dúvida de que você me mandou fazer a coisa certa; o sangue correu forte nas minhas veias e, quando me dei conta que todo mundo ali olhava para mim, eu molhei a minha calcinha; não, não foi xixi; não foi medo; foi tesão! Acredita?

Wendy acreditava. Ela sabia que Lelê iria adorar se mostrar no palco, mas se surpreendera como todos, ao perceber que tinha uma voz encantadora, mesmo quando berrava ao microfone as melodias doces e rasgadas do Cólica. Além disso, Lelê era gostosa e fazia tipo Shirley Manson, seduzindo dezenas sobre o palco, assim como seduzia suas paqueras no tête-à-tête. Lelê gostou tanto daquilo, disse no e-mail, que acabou entrando para banda quase à força (embora quisesse entrar de qualquer jeito), pois tanto Cu quanto Verma, empolgadas com a performance da garota, suplicaram para que ficasse e disseram que não aceitariam um não como resposta. Por isso havia enviado aquele e-mail, pois não encontrara tempo para vir ao cybercafé e dedicaria todas as suas horas livres para a banda, que iria gravar uma demo, encomenda daquela garota que tinha um selo independente, que adorara o Cólica, amara Lelê e prometera um CD se as meninas apresentassem um material consistente.

Assim, embora não tivesse dispensado a amizade de Wendy, Lelê ficou tão entretida com sua própria vida (que se tornara movimentada e cheia de novidades), que ela nunca mais teve tempo para teclar com a invisível, e várias noites de balada foram trocadas por longos períodos de ensaio com a banda. Então, Wendy percebeu que tanto Lelê como Belzinha, coincidentemente empolgadas e envolvidas com o eletropunk do Cólica, precisavam cada vez menos dela.

Por um lado se alegrava, porque suas meninas estavam bem, melhores do que nunca, mas também ficava triste por sentir-se esquecida. Por isso, decidiu se afastar de vez das duas: enfiou-se na toca novamente e, tão sorrateiramente o fez, e tão difícil mesmo era notá-la, invisível e incorpórea, que algumas semanas se passaram e nem Belzinha, nem Lelê, pareciam ter se dado conta do seu sumiço.

20
Belzinha e Lelê

Primeiro Belzinha achou que Wendy se afastara porque desejava oferecer privacidade ao seu namoro, mas depois notou que a amiga invisível nunca mais havia aparecido, apesar de nunca ter aparecido de fato. Depois de algum tempo, percebeu que Wendy havia sumido de vez, mas sua vida estava tão repleta de acontecimentos que, mesmo preocupada com seu sumiço, não encontrava tempo para fazer outra coisa, senão esperar que ela aparecesse. Enquanto isso não acontecia, tocava seu dia a dia, transformada.

Belzinha não sabia dizer se fora a sua disposição amorosa que mudara, se Cu era maravilhosa mesmo ou se era tudo isso junto. Por isso, punha-se a ordenar seus sentimentos e lembranças, pois era tão pequena que se não deixasse suas coisas muito bem arrumadinhas, perderia um espaço precioso e não poderia acumular aquelas dezenas de pensamentos e emoções que passavam por sua mente, coração e garganta: eu estava ferida como um passarinho e, por isso, me retirei por um ano e me amei por seis meses; Neverland; Lelê fez a brincadeira do bilhete e me fez olhar para o mundo e para as meninas à minha volta; juntei uma corte de desejosas; meu ego ficou mais que infladinho e as feridas, bem curadas; mas eu ainda era um globo de espelhos, que a todos refletia, e por isso ninguém me via; conheci a garota invisível que transou comigo, pediu que eu quebrasse o globo de espelhos e arranjasse uma namorada de carne e osso; Cu; que odeia adulação; que não ligava a mínima para o fato de eu ser muitos e bons espelhos, porque não acreditava na imagem que revelavam; por quem quebrei o globo de espelhos; por quem me apaixonei; para quem escrevi; que se apaixonou por mim; Cu; que, inacreditavelmente, gosta de mim; cuida de mim; pede que eu cuide dela; acredita em nós; parece que me vê nitidamente; quer me conhecer, lenta e solidamente; de quem quero saber, não tudo, mas quase tudo, para que sempre haja o que descobrir; minha metade; Cu encantadora; Cu que me come bem; Cu que como; Cu que eu amo.

E assim Belzinha chegava ao fim de seu ciclo de ordenação, concluindo que tanto estava preparada para um grande amor, como Cu era maravilhosa. E parece que, leu em algum lugar, era assim mesmo: um grande amor muitas vezes acontecia sobre ruínas aplainadas, depois que antigas feridas eram tratadas, ou nos momentos em que nos distraímos propositadamente. Entretanto, um grande amor depende também da sorte, pois são poucas as pessoas certas para nós durante uma vida, e não são grandes as chances de encontrá-las. Por isso, uma candidata a metade pode cruzar o seu caminho, mas, se você não estiver preparada para o amor, o encontro não acontece por vários motivos menores ou maiores, mas que se originam num único ponto: sua própria indisposição amorosa. Se, por outro lado, estivermos dispostos e preparados para o amor, quando o encontramos raramente deixamos que escape, pois quem se abre e se prepara para o amor sabe detectar e perseguir o amor de volta, porque não existe disposição amorosa sem reciprocidade e o amor não correspondido é apenas uma outra forma de egoísmo.

Preparar-se para o amor implicava no exercício de uma faculdade finíssima (esta capacidade para detectar reciprocidade) e isso Belzinha parecia ter desenvolvido depois de um ano cuidando das suas feridas, seis meses amando a si mesma e com a pequena ajuda de algumas amigas. Assim, desde que ela e Cu se perderam naquela longa conversa na despensa improvisada em camarim, Belzinha soube que se tratava de paixão correspondida, deixou-se entregar e surpreendeu-se com a chegada sorrateira de um grande amor. Dali mergulhou num mundo novo, que jamais vislumbrara, escrevendo letras e letras para o Cólica, pois, assim como gostaram de Lelê cantando, as meninas da banda adoraram seu texto. Às voltas não mais com suas ninfas, mas com imagens poéticas e versos ritmados, Belzinha percebeu que quebrara o globo de espelhos para colar os cacos na música eletropunk da namorada. Logo se tornou letrista oficial do grupo e, assim, sua vida misturou-se à vida de Cu, como nunca acontecera antes com ninguém. Se depois de um breve tempo já se sentiam confortáveis o bastante para chamar aquilo de namoro, sabiam também que haviam se tornado parceiras e se emocionavam a cada música nova que faziam. Estavam praticamente casadas como acontece com as meninas perdidas quando encontram um grande amor.

Uma noite, depois de um show do Cólica em Neverland, Belzinha esparramou-se no lounge, enquanto Verma, Cu e as meninas da banda desmontavam o set. Ficou assim, parada por longos minutos, refletindo sozinha, cantarolando para si a música do globo de espelhos e, de repente, lembrou-se de Wendy. Sentiu uma enorme vontade de falar com ela, imaginou se ela estaria ali em Neverland e, se estivesse, porque não avisava que estava lá? Engraçado, Belzinha pensou, as coisas haviam mudado tanto! Já não transava com ninfas imaginárias, nem com espíritos de grandes escritoras e, por isso mesmo, chegou à conclusão de que até mesmo sua amiga invisível, àquela altura, parecia ficção, pertencente à mesma categoria de vôos da imaginação. Tão entretida estava agora com a vida real que, talvez, isso tivesse contribuído para que ela, inconscientemente, se esquecesse de Wendy.

Belzinha jamais revelara a ninguém a existência da amiga invisível (nem mesmo a Cu ou Lelê), mas agora se sentia culpada, pois toda a sua preparação amorosa, se era resultado de um esforço próprio, fora fortemente incentivada e precipitada por Wendy. Naquele momento, Belzinha lembrou-se que havia prometido à amiga que iria tentar ajudá-la a resolver o mistério da sua invisibilidade, mas que nada havia feito a respeito. Sentindo-se uma ingrata, pois a invisível lhe ajudara a desempatar a vida, a pequena decidiu que teria que encontrar Wendy, urgentemente. Antes, porém, resolveu que iria contar a Cu aquela história maluca. Será que ela iria acreditar?

Cu, eu preciso te contar uma coisa, a pequena falou para a namorada que acabara de sentar-se ao seu lado, depois de guardar o equipamento. Séria, Belzinha disse esperar que ela acreditasse naquela história incrível porque, afinal, era verdade: que uma garota lhe escrevera alguns bilhetes, assim e assado, que depois descobriu que ela era invisível, que a menina gostava dela, que elas transaram apenas uma noite, porque a garota achou sacanagem Belzinha namorar alguém incorpóreo, que por isso lhe recomendara arranjar uma namorada de carne e osso e que foi então que ela encontrou Cu. Acredita?

Cu fez uma pausa e apenas perguntou: se ela era incorpórea, como vocês treparam? Belzinha contou do vibrador e da borboleta, detalhes que preferia ter omitido, mas tudo bem, achava mesmo que o mais difícil de engolir era aquele negócio da garota ser invisível e incorpórea, e não a trepada em si – afinal seu lance com Wendy acontecera antes de ter conhecido Cu, e pouco importava se tinha usado borboleta, vibrador ou o caralho a quatro. Cu caiu na gargalhada, dizendo que aquilo era um puta dum argumento para um curta de ficção científica trash erótico, tipo Além da Imaginação pornô, e que ela tinha uma amiga que ia adorar aquela idéia! Belzinha achou que a namorada estava tirando uma com a cara dela. Imagina, emendou Cu, eu acredito em você, mesmo! E ainda completou dizendo que Belzinha precisava lhe apresentar a tal garota invisível, pois queria ser amiga dela também. Wendy, era esse o seu nome?

Você não está falando sério! Você acredita mesmo nessa história? A pequena estava mais descrente que a namorada, que confirmou, realmente falava sério. Belzinha se jogou no pescoço de Cu e lhe deu um beijaço apaixonado. Que garota era aquela que acreditava numa história tão improvável e ainda queria ficar amiga de Wendy em vez de sentir ciúmes? Ela era tudo!

Você tem que procurá-la, Cu avisou. Se essa menina te ajudou, o mínimo que você pode fazer é resolver esse mistério da invisibilidade, porque me lembro de ter lido num gibi alguma coisa parecida, prosseguiu a namorada. Se essa garota só fica invisível quando está perto de você, isto quer dizer alguma coisa: esta é a chave! Cu estava mesmo empolgada com aquela história, Belzinha se surpreendeu e depois se lembrou que Wendy já havia dito a ela algo parecido (que a resposta para o mistério passava por ela e por Lelê) e repetiu isso para a namorada. Então você tem que falar com a Lelê para encontrar Wendy, concluiu Cu. Impossível, disse Belzinha, Wendy pediu para que eu nunca falasse da existência dela para Lelê. Ela até disse num bilhete que era invisível, etc. e tal, mas Lelê nunca acreditou nessa história. Wendy pediu sigilo e foi o que eu fiz.

Cu caiu na gargalhada novamente e disse que Belzinha era uma otária, se desculpou, depois deu muitos beijinhos, mas, ainda gargalhando e chamando a pequena de otária, continuou: é claro que ela fez a mesma coisa com Lelê! Tá na cara que ela disse pra Lelê não comentar e provavelmente está ao lado dela agora, invisível e incorpórea! Belzinha ficou pasma. Será que Wendy estava lá esse tempo todo? Será que ela fora enganada? Fazia sentido, pois toda aquela transformação que ocorrera com ela havia ocorrido também com Lelê, que desabrochara como cantora do Cólica. Tinha que ter dedo da Wendy naquilo!

Imediatamente, Belzinha levantou-se, disse para Cu esperar, pegar outra cerveja e dar um tempo, porque ela precisava falar com Lelê, e talvez o assunto demorasse.

Eu não acredito que você estava aí esse tempo todo! Belzinha chegou furiosa para cima de Lelê, que se assustou e devolveu na mesma moeda: pô, Belzinha, você sabe muito bem que eu tô sentada aqui desde que terminou o show, caramba! Por quê? Não posso?

Claro que podia, mas não era com Lelê que Belzinha bronqueava, embora não dissesse de pronto. Tá com medo? Belzinha dava pequenos pulinhos, afoita, como se quisesse sair no braço, fazendo caretas ameaçadoras que se não eram dirigidas a Lelê, pareciam. Antes que aquilo virasse comédia, Lelê pegou a pequena pelo braço e a arrastou para o camarim, pois agora que era cantora de uma banda eletopunk não queria mais fazer cena, a não ser no palco.

Pirou? Lelê parecia preocupada com a pequena. Eu sei que ela está aí, respondeu Belzinha, sacanagem ficar por perto sem avisar, não foi isso que a gente combinou, Wendy? E então Lelê percebeu que Belzinha falava com a garota invisível, que se conheciam e que Wendy havia mentido para as duas. Contudo, sem deixar que isso lhe tomasse a razão tratou de acalmar Belzinha, dizendo que a garota não estava lá.

Então é verdade, você a conhece? A pequena logo diminuiu o tom: bem que eu suspeitei; e você, por que não me contou? Lelê disse que Wendy pedira que não contasse nada para a amiga, aliás,

Belzinha também não lhe contara, não é mesmo? É. A pequena se tocou que omitira toda aquela história para Lelê, desculpou-se e desculpou a amiga, mas lembrando-se da situação em que Wendy as havia colocado, praguejou (puta!), se esquecendo por que viera ter com Lelê em primeiro lugar: para tentar saber onde estava Wendy e para ajudá-la a resolver o mistério – e não para falar mal dela.

As duas se sentaram e se acalmaram, até que Lelê perguntou: pensa bem, Belzinha, o que a Wendy poderia ter feito? Nenhuma de nós faria melhor, Lelê lamentou, com um ar de serenidade que fazia tempo não se via em seu rosto, contente com a vida que estava levando, sentindo um prazer inigualável quando subia num palco, dominando a platéia e satisfazendo sua fome de amor com a boca, sim, mas cantando. E tomada por essa sensação de plenitude que a acompanhava, mesmo depois que o show terminava e que descia do palco, Lelê pediu a Belzinha que olhasse a situação de Wendy com carinho. Contou como a garota invisível, de certa maneira, a ajudou a se concentrar, como ela lhe fez companhia durante semanas, os papos no cybercafé e aquelas noites em que dançava feito louca na pista, quando todos pensavam que dançava só. Não, ela não estava só: Wendy estava lá.

Lelê revelou a Belzinha que, com a ajuda de Wendy, acabou descobrindo que seu grande problema era não conseguir ficar só e, por isso, pulava de namorada em namorada. Depois que ela e Suzy brigaram, Wendy lhe fez companhia, mas não foi só isso: havia sido Wendy quem sugerira que ela cantasse com o Cólica e, assim, ela seria eternamente grata, mesmo que a invisível tenha mentido um pouco. Contudo, Lelê prosseguiu, depois daquela noite em que havia estreado no Cólica, as coisas começaram a acontecer tão rapidamente que um dia ela percebeu que Wendy não estava mais por perto. Assim, querendo talvez se justificar, Lelê completou: você sabe como é fácil esquecer que a Wendy está por perto – ela é invisível, cara!

Tão rápido havia se descabelado de raiva, mais rapidamente Belzinha cedeu à compaixão, pois se lembrou de como ela também, um belo dia, notou que Wendy desaparecera, tão atarefada estava e tão acostumada a ser procurada pela garota em vez de procurá-la (afinal, ela era invisível) que deixou as coisas como estavam, confiante que Wendy estivesse bem e que mandaria algum recado em caso contrário. Mas agora, especulava, a amiga invisível poderia estar mal, ferida e triste, e não as procuraria, tendo um mínimo de amor próprio, pois dela se esqueceram completamente! Lelê, nós temos que achá-la! É, respondeu Lelê, eu também estava pensando nisso, em ir atrás dela. Mas como a gente vai descobrir onde ela mora? Nós não conseguimos nem enxergá-la!

Então Belzinha lembrou-se que Wendy só era invisível para as duas, e somente se estivesse em seus campos de visão. Por isso, talvez seu nome estivesse no cadastro dos freqüentadores de Neverland, pois se lembrava dela ter dito que entrou várias vezes visível no início, antes que se aproximasse delas. Então vai ser fácil, disse Lelê, que puxou Belzinha para fora do camarim para que fossem falar com Fê, que imediatamente abriu o computador, entrou no cadastro de clientes e encontrou a ficha completa de Wendy, com telefone e endereço, dizendo que já havia visto aquela garota em Neverland.

Você a viu? Lelê e Belzinha olharam com espanto para Fê, que ficou ainda mais intrigada com o susto das suas amigas. Será que a gente telefona antes? Belzinha estava hiperexcitada. Não, decidiu Lelê, nós vamos lá amanhã, assim que estivermos de pé. Então tá. As duas se despediram com um beijinho apenas, mas antes que se afastassem de vez, uma puxou a outra, e se abraçaram forte como duas amigas que realmente eram, coisa que pareciam também se esquecer de vez em quando.

Por que as meninas perdidas esquecem tantas coisas?

21
Wendy, Belzinha e Lelê

Ainda pensava nelas, essa era a verdade (ou uma das verdades, pois tantas já havia enumerado que não sabia mais o que considerar de fato). Longe de Lelê e Belzinha, Wendy voltou a ser visível, e todos – seus vizinhos, o rapaz da entrega, o porteiro do prédio – a enxergavam perfeitamente, o que a ajudou a recuperar a auto-estima perdida nos seus meses de convivência com aquelas duas. Só mesmo o mais puro e autêntico voyeur para ficar olhando sem ser olhado por tanto tempo, e, embora tivesse apreciado esse papel no começo, quando apenas observava, após um curto espaço de tempo, e principalmente depois que estabeleceu contato, sua auto-estima começou a sofrer com aquele negócio de invisibilidade incorpórea. Ainda pensava nelas, mas pelo menos agora não sofria daquele mal estranho e voltou a levar sua vidinha de misantropa crônica, sem se envolver em amizades, paixões, sem mover o espelho d'água de suas emoções domesticadas, encontrando-se apenas com aquelas figuras inevitáveis do dia-a-dia: os vizinhos, o porteiro e o rapaz da entrega.

Mesmo assim, pensava nelas e se perguntava por que na presença delas se transformava naquela Wendy invisível e incorpórea, incapaz de tocar, beijar ou abraçar, sem voz, sem imagem, sem causar impressões que não fossem sutis demais, etéreas demais, fáceis de serem esquecidas ou incorporadas à paisagem. Ela se lembrava muito bem da noite em que escrevera aquelas duas palavras no espelho (Lelê canta), de como estava certa em seu palpite, de como se sentiu orgulhosa ao ver a menina arrasando no palco e de como ela lhe

Balada para as meninas perdidas

agradeceu no dia seguinte, ainda que por e-mail, a dica. Mas Wendy lembrava-se também de uma frase perdida no meio daquele último e-mail, quando Lelê confessou que a invisível mais parecia uma voz dentro dela e, de fato, sem rosto, sem corpo e sem imagem, não passava mesmo de uma voz transformada em letrinhas da tela de um monitor. Quando notou a facilidade com que Lelê pensava nela como um grilo falante, percebeu com certa mágoa que se incorporava à paisagem e causava somente impressões tênues, operava apenas por remoto e, assim, sentiu-se cada vez mais desimportante, na medida em que a vida e as emoções das duas meninas ganhavam tônus, cor e brilho.

Quando não suportou mais se dedicar intensa e completamente a Belzinha e Lelê, frustrada com a impossibilidade de um relacionamento verdadeiro com qualquer uma delas, ainda que intuísse que havia uma questão ali, Wendy achou que um rompimento drástico talvez fosse a solução, senão para o problema da invisibilidade, pelo menos para preservar a sua auto-estima. No entanto, conforme se passaram semanas e, nem Belzinha nem Lelê procuraram por ela (pois sabia que deixara pistas bem claras no cadastro de Neverland), foi mergulhando numa depressão profunda, chorando todos os dias, mas principalmente à noite, quando sabia que elas estariam no clube: Lelê se exibindo na pista, depois de cantar como sereia, e Belzinha bebericando seu hi-fi e anotando novas idéias para letras em seu caderninho. Como Wendy queria estar ali! Como sentia falta das duas meninas! Então, a essas lágrimas de saudades juntavam-se outras mais amargas, de abandono, por lembrar-se que nenhuma delas viera lhe procurar. Chorava esses dois tipos de lágrimas, quando ouviu o interfone tocar e o porteiro avisar que estavam ali duas meninas que desejavam falar com ela.

Belzinha! Lelê! Wendy ficou feliz por um instante, mas não enxugou as lágrimas que já estavam em seu rosto e as que começavam a rolar com emoções novas, pois nem Lelê nem Belzinha iriam notá-las, mesmo. Além disso, sentiu medo de experimentar novamente todo aquele cardápio de sensações frustrantes que vinham a reboque de sua incorpórea invisibilidade, a começar pelo abraço que gostaria, mas jamais poderia dar em qualquer uma delas. Assim, quando a campainha tocou, Wendy abriu a porta sabendo que iria dar de cara com aqueles dois rostos perplexos, sem emoção, ao contrário do seu, pois nenhuma delas encontraria seu rosto emocionado, e veriam apenas uma porta se abrir. Dito e Feito. Quando abriu a porta os olhares das duas pareciam perdidos, esperando que Wendy produzisse um sinal visível de sua presença, como se abrir a porta não fosse sinal suficiente. A invisível, sem muita paciência, e machucada, voltou para dentro, deixou a porta aberta para que elas entrassem e ligou o computador para que pudessem pelo menos conversar decentemente.

Então é aqui que você mora? Belzinha, assim que percebeu o monitor se acender, entrou (rápida e ligeira que era), fuçando um pouco de tudo, enquanto Lelê fechava a porta atrás de si, puxava um banquinho e sentava-se à frente do computador, ao lado de uma cadeira vazia onde Wendy estaria provavelmente acomodada. Lelê fitou por um segundo o nada sobre aquela cadeira, mas Wendy tentou não olhar seu rosto, pois sabia que não iria suportar aquele ar perdido de Lelê, procurando por ela.

O que vocês vieram fazer aqui? Foi essa a primeira frase que Wendy teclou, meio estúpida mesmo, pois sua dor não permitia algo mais doce. Lelê disse que elas vieram saber como ela estava e que queriam ajudá-la a descobrir por que ficava invisível na frente delas. E porque estavam com saudades, emendou Belzinha, que apesar de transformada, estando um pouquinho menos avoada àquela altura, sempre tivera mais facilidade para se apegar ao impalpável e se afeiçoara de verdade a Wendy. Lelê, por outro lado, sempre desconfiara da invisível e nunca fora capaz de se afeiçoar realmente, pois não era como Belzinha, chegada num amor platônico, aclimatada às altas esferas, e preferia as aventuras mais mundanas. Ao mesmo tempo, sabia que aquelas semanas ao lado de Wendy foram determinantes para que se acostumasse com a própria solidão e quebrasse aquele ciclo interminável de trocas de namoradas, canalizando sua sedução através do canto, no palco, dica preciosa da invisível. No entanto, mesmo reconhecendo a ajuda de Wendy, não conseguia amá-la de fato, já havia dito isso uma vez a ela (que ela mais parecia uma voz dentro de sua cabeça) e, sinceramente, jamais se apaixonaria por uma voz ou por um grilo falante. Nessas horas, Wendy percebia o desprezo enorme que Lelê sentia por ela, pelo fato de não ter um corpo, e imaginou que, talvez por isso, a menina estivesse tão interessada em ajudá-la a resolver o mistério: Lelê queria uma Wendy visível, menos por compaixão e mais porque não suportava desprezá-la, já que a invisível lhe fizera um favor.

Um pouco antes, a caminho dali, Belzinha contara a Lelê tudo o que vivera com Wendy: a trepada, a borboleta, o vibrador e o incentivo para encontrar Cu. Lelê soube, então, que Belzinha não se incomodava tanto com a invisibilidade de Wendy, ao contrário dela própria, que não sentira nada de tão especial assim com a trepada na cabine em Neverland, dizendo a Belzinha o que dissera à garota invisível na época – que aquilo não havia passado de mera masturbação. Até que como punheta havia sido bom, confessou, mas preferia os olhos nos olhos e o corpo a corpo e, para falar a verdade, sentiu-se humilhada, não sabia bem por que, mas isso talvez explicasse aquele desprezo que sentia por ela. Wendy não tinha culpa de ser invisível, Belzinha contra-argumentou, dizendo que por isso estavam indo até a casa dela: porque era o mínimo que poderiam fazer e iriam ajudá-la.

Assim, Lelê procurou afastar aquele sentimento de desprezo, tentando pensar somente no quanto a menina as havia ajudado, e quando Belzinha disse para Wendy que estavam com saudades, Lelê confirmou, não muito convincentemente. Contudo, a invisível já estava acostumada com aquele desprezo disfarçado de Lelê e sabia que não adiantaria ficar ali falando de saudades e sentimentos, primeiro porque suas lágrimas não cessariam de rolar, e depois porque não poderia abraçá-las, tocá-las ou beijá-las para matar as saudades e saciar o sentimento. Por isso, ateve-se ao objetivo principal daquela visita e perguntou, teclando: o que vocês propõem para me ajudar?

Que tal começar pelo começo, sugeriu Lelê, que era boa estrategista. Como você foi parar em Neverland? Foi ali que tudo começou?

Wendy teclou que sim, que antes de colocar os pés em Neverland nunca tivera problemas de visibilidade, e que isso só acontecia na presença delas. Por que só conosco, perguntou Belzinha para si, menos para obter uma resposta imediata e mais para encontrar uma linha de investigação, pois era boa nisso. O que você viu em nós que não viu nas outras garotas?

Boa pergunta, entusiasmou-se Lelê. Wendy teclou apenas uma palavra: amor. Então, quem você ama fica invisível para você, Belzinha concluiu. Sempre foi assim? Não, teclou Wendy, mas fazia tempo que eu estava sem sair de casa, sem ir para o mundo, sem cair na balada e sem me apaixonar, até que um dia eu me olhei no espelho e me lembrei de algo que li sobre essa sensação de sermos apenas metade e que, por isso, passamos a vida procurando uns pelos outros; foi então que percebi que eu havia me trancado, ferida, desistindo de procurar o que faltava, me senti velha, resolvi sair, encontrei Neverland e achei que alguma de vocês duas pudesse ser a menina que eu procurava.

Belzinha se identificou com aquela história de Wendy, pois ela também tivera o coração ferido, passara um ano sozinha e seis meses se amando e, agora, tinha a sensação de que encontrara uma dessas metades que valia a pena – não Wendy, mas Cu. Assim, por livre e simples associação, concluiu que o problema da invisibilidade seria resolvido assim que encontrassem uma metade para Wendy. Lelê discordou a princípio, pois andava adotando medidas profiláticas para não ter novamente uma recaída, e preferia não pensar em metades se encontrando, nem que fossem metades alheias, porque temia que a idéia a fizesse pensar em procurar uma namorada, logo agora que estava conseguindo viver sozinha. Mesmo assim, Belzinha insistiu, dizendo a Lelê que o fato dela estar numa fase de esquecer metades não invalidava sua teoria, que ela mesma passara por um período de preparo para cuidar das feridas e que a solidão era necessária nessas horas, tipo um intervalo, como a própria Wendy escrevera a ela uma vez. Lelê tinha ótimas razões para querer sossegar agora, mas Wendy, ao contrário, talvez já tivesse sossegado o suficiente e precisava então encontrar a sua metade. E nós vamos ajudá-la nisso, certo Lelê?

Lelê, diante da argumentação viva de Belzinha, acabou concordando que talvez a chave para o mistério da invisibilidade de Wendy tivesse mesmo relacionada àquela procura pela metade perdida e tentou imaginar qual seria a maneira mais fácil, lógica e rápida de encontrá-la para Wendy.

Para resolver um problema absurdo não se pode usar a lógica, teclou a garota invisível. As três se calaram, circunspectas, tentando achar uma resposta, até que Lelê rompeu o silêncio: já sei, vamos falar com a DJ Índia; a Fê me contou que ela faz umas mandingas, uns rituais de xamanismo, e a Black Debby disse que foi ela quem limpou o ambiente na inauguração de Neverland.

Acho que pode funcionar, teclou Wendy, animada, quase sem lágrimas, apesar de não poder expressá-lo, a não ser com um emoticon ou outro, o que era melhor que nada. Belzinha permaneceu paralisada, pois, embora fosse afeita às altas esferas, sempre teve medo de feitiçaria. No entanto, foi convencida, acabou concordando com as amigas e se conformou em pedir o auxílio da Índia, para quem Lelê ligou em seguida, resumindo em dez minutos toda a história.

A DJ, depois de ouvir o relato, mandou que as três meninas fossem à sua casa imediatamente. Fê e Black Debby já estavam lá, porque a clarividente, como de costume, antecipara-se aos fatos e esperava Lelê, Belzinha e a invisível para a sessão de magia que iria rolar naquela noite, na casa da Índia.

22
Yamurikumã

Yamurikumã era o nome do ritual que faziam no Alto Xingu quando as mulheres invertiam seus papéis com os homens da aldeia e empunhavam armas, colocavam flautas entre as pernas, como se fosse um pinto, amarravam chocalhos nos tornozelos e batiam fortes os pés no chão, imitando gestos e passos típicos dos machos, se esfregando nas outras mulheres. Foi durante esses rituais que a DJ Índia descobriu que era uma menina perdida, que gostava de outras indiazinhas, e onde também aprendeu algumas práticas xamanísticas que jamais esqueceu, nem depois que veio morar na urbe e se tornou disk jockey. Se alguns ainda achavam estranho que uma índia egressa do Xingu pudesse ter se transformado em DJ, isso se devia somente à ignorância dessas pessoas, alheias ao fato de a dança ser o principal componente nos rituais nativos. Na tribo da DJ Índia, por exemplo, se contava que o Criador, ao sentir-se impotente por não conseguir ressuscitar os mortos, havia dito: agora só vai ter festa! E era por isso que todos em sua tribo dançavam, e a dança e o ritmo sempre estiveram, desde que nascera, em seu sangue.

Quando ela conheceu Barbie, a antropóloga, que passava uma temporada de estudos no Xingu, elas logo se apaixonaram, viveram um breve idílio na reserva e, quando Barbie precisou partir, a Índia decidiu ir junto. Ao lado da antropóloga, a Índia conheceu o mundo, ajudando nas escavações em Turkana, Olduvai e Georgia, e durante as breves estadas que faziam nas capitais do mundo, antes de voltarem ao Brasil, aproveitavam para conhecer os principais clubes lésbicos das metrópoles. Nessas ocasiões, a Índia se lembrava das festas de Yamurikumã e sentia uma enorme saudade, até que, de tanto sentir saudades e perceber que todos os povos batiam os pés da mesma maneira, passou a ouvir a música por trás da música, começou a observar DJs e descobriu que tinha talento para fazer aquilo. Finalmente, um dia, depois de uma dessas temporadas no exterior, chegou ao Brasil decidida a largar as escavações e as viagens, despediu-se de Barbie e disse que tampouco voltaria ao Xingu. Ela iria ser DJ e decretou, como o seu Criador havia feito antes: agora só vai ter festa!

Mas, além da música, a Índia também conservara o hábito das práticas xamanísticas, como espantar maus espíritos e contatar as altas esferas, enfim, tudo aquilo que era preciso para lidar com o mundo invisível, esquecido pela urbe, e que ela, egressa do Xingu, considerava bastante. Quando Lelê e Belzinha entraram em sua casa trazendo Wendy, a DJ logo sentiu sua presença e pediu que todas – Black Debby, Fê, Lelê e Belzinha – se sentassem com ela no chão, fazendo um círculo para que Wendy se agachasse no meio, e ela pudesse dar início ao ritual.

Black Debby, que era clarividente e sabia o final da história, obedeceu à Índia e não pareceu assustada em nenhum momento, nem quando Lelê e Belzinha chegaram com a invisível e nem com todo o ritual xamânico perpetrado pela DJ. Fê, que era filha de freaks e vira todo tipo de estranheza durante a sua vida, estava achando tudo aquilo muito excitante, não fosse estar um pouquinho chateada, porque suas amigas não lhe haviam contado aquela história antes. Belzinha se eriçava imperceptivelmente, apenas porque seus poros eram tão mínimos que ninguém percebia que estava arrepiada, receosa daquela história de feitiçaria. Lelê queria que tudo aquilo acabasse logo, aflita com aquele papo de mundo invisível, pois gostava do que era palpável e aquilo já estava lhe dando nos nervos.

Depois que todas se acomodaram no chão, a Índia enrolou um cigarro de tabaco, disse algumas palavras na sua língua nativa e perguntou à menina invisível o que ela queria saber. Wendy, desta vez, não precisou escrever, pois a DJ parecia ouvir a sua voz, e tudo o que a invisível falava, a mandingueira repetia em voz alta para as outras: ela quer saber por que Lelê e Belzinha não conseguem enxergá-la e por que, quando está perto delas, ninguém a vê. As meninas, ali, em círculo, suspenderam a respiração e ficaram quietas, como tentando ouvir qualquer coisa, a voz de Wendy ou uma resposta das alturas.

A Índia, então, deu uma tragada profunda no tabaco, soltou uma baforada cheia no meio da roda, e as meninas puderam ver através da fumaça um contorno tênue do que seria, talvez, Wendy. Mas, e então, qual a resposta? Lá, em meio à fumaça, finalmente a DJ encontrou a solução, que foi transmitida imediatamente às outras: Wendy não consegue ver Lelê porque Wendy é Lelê, não aqui, nem agora; Wendy não consegue ver Belzinha porque Wendy é Belzinha, não aqui, nem agora.

O quê? As meninas não entenderam aquilo muito bem, como assim? A Índia explicou, então, que no mundo invisível havia muitas dimensões e que, se Wendy era uma menina inteira em outra dimensão, quando se transportara para esta em que estavam, viu-se dividida em duas, mais novinhas, com quase metade da sua idade: Belzinha e Lelê. As duas meninas se olharam, tentando achar algum traço de unidade perdida entre elas, não conseguindo, é claro, pois eram muito diferentes uma da outra. Como poderiam ser a mesma pessoa?

A Índia, então, explicou a elas que qualquer pessoa, se olhasse profundamente dentro de si, encontraria muitas personalidades diferentes, e que, talvez, durante o transporte entre dimensões, Wendy tivesse se dividido em duas. Belzinha e Lelê, apesar do inusitado da coisa, até acharam aquilo razoável, pois afinal era coerente, e se lembraram de como Wendy pensou, a princípio, que Belzinha fosse sua metade e, depois, Lelê. Seria pura identificação? Contudo, Lelê e Belzinha ponderaram: se as duas eram, não a metade, mas a essência de Wendy em duas, então a verdadeira metade da invisível talvez estivesse vagando numa outra esfera! Brilhante, disse a Índia, Wendy está dizendo para mim, justo nesse momento, a mesmíssima coisa.

O que vamos fazer, então, para mandá-la de volta para a outra dimensão? Belzinha estava aflita para terminar todo aquele ritual, porque era muito impressionável, apesar de relutar em separar-se de Wendy, que mesmo sendo ela mesma, tornara-se uma amiga. Lelê, por outro lado, depois de ouvir que Wendy era ela própria, passou a enxergá-la de outra maneira, apesar de não enxergá-la de fato, e quase desejou que ela permanecesse, querendo descobrir mais a seu respeito. A Índia, sabendo que, depois daquela revelação, teria que devolver Wendy rapidamente à sua própria esfera (porque até mesmo no mundo invisível havia uma ordem), e consciente de que teria que jogar um feitiço naquelas meninas, para que esquecessem tudo depois (o que seria fácil, considerando que eram todas meninas perdidas), pôs-se a pensar na melhor solução para aquele problema. Depois de ponderar um tanto, declarou que Wendy deveria sair daquela dimensão pelo mesmo lugar por onde havia entrado. O espelho, lembraram, a um só tempo, Belzinha e Lelê! Brilhante, emendou a Índia: Wendy disse a mesma coisa aqui ao lado.

Assim, a garota invisível se levantou e, ainda no meio do círculo, olhou Belzinha e Lelê pela última vez. Depois, foi até um espelho que havia ali perto e esperou que a DJ dissesse as palavras mágicas. Ponha os óculos ou não vai funcionar, disse a Índia. Wendy então colocou seu Ray-ban clássico de lentes verdes e aros e hastes dourados, sentiu outra baforada de tabaco pelas costas, viu um clarão à sua frente e ouviu uma voz de garota chamando por ela: ei, Wendy, e aí, gostou?

23

Wendy

Wendy virou-se e viu a namorada recostada na cama e um pequeno embrulho com papel de presente aberto, e percebeu que ela perguntava sobre os óculos, se havia gostado. Sim, eu gostei, respondeu Wendy, meio confusa, pois não se lembrava muito bem do que havia acontecido nos últimos trinta segundos em frente ao espelho, embora tivesse uma leve sensação de déjà vu. Depois, sentiu-se varrida por uma enorme onda de amor, como se estivesse há tempos cercada de toda a sorte de mimos e paparicos, tomada por um calor que emanava daquela garota, ali recostada. Claro, lembrou-se, apesar de nunca haver esquecido: aquela era a sua namorada! Aquela era a garota que esteve ao seu lado nos bons e maus momentos, parceira de conversas intermináveis durante anos a fio, boca que desejava, voz que a acalentava e que nunca deixou que se sentisse só, nem mesmo quando resolvera se isolar e ser invisível para o mundo. Sua namorada, que deixava que se perdesse para encontrá-la depois, que a puxava de volta, sempre, para o mesmo colo acolhedor, amor da sua vida, sua metade querida e que ali ao lado, naquele momento, ansiava por saber se havia gostado ou não do presente.

Wendy imediatamente pulou na cama, num acesso de afagos, beijos e abraços, um entusiasmo que não sabia bem de onde vinha, dizendo que não, não tinha gostado: tinha adorado! Em seguida olhou a namorada, como se fosse a primeira vez, e achou inacreditável a sorte que tiveram de se encontrar, tão imperfeitas, mas bem feitas, uma para a outra. A namorada, feliz com a alegria dela, disse que aqueles óculos eram apenas o primeiro presente, porque quarenta anos não se fazia a toda hora, e perguntou a Wendy como queria comemorar a data. A menina, com uma carinha de sapeca e uma felicidade que ainda não sabia dizer de onde vinha, disse que queria fazer uma coisa que não fazia havia muito tempo: vamos para a balada!

Para a balada então, disse a namorada, aliviada ao ouvir que Wendy queria sair de casa depois de tanto tempo reclusa, por causa de uma misantropia crônica, mas que agora se levantava da cama animada. Mais que animada: Wendy tinha vontade de fazer festa e se arrumava na frente do espelho para sair, saciada de amor, feliz pela namorada, deliciada com o presente que ganhara. Ela tirava e colocava os óculos, várias e alternadas vezes e, como não conseguia se decidir, perguntou: amor, você acha que eu devo sair usando os óculos? Tanto faz, respondeu a namorada, você fica linda de qualquer jeito; só não queira se disfarçar, acrescentou, pois você sabe que tem charme e que todos irão olhar para você, com ou sem óculos.

É mesmo? Ao ouvir isso Wendy sentiu-se notada e, após outro déjà vu, teve a estranha certeza de que aos olhos da namorada jamais seria invisível.

Peça mais alguma coisa, disse sua metade, eu gostaria de te dar mais um presente. Wendy, ainda contente, sem saber exatamente por que, disse que não era bem um presente, mas queria um marco e gostaria de fazer mais duas tatuagens para comemorar seus quarenta: uma sereia no braço e uma vírgula na nuca. Não sabia bem o motivo, mas aquilo tinha um significado.

TRILHA SONORA PARA BALADA
sugerida por Cilmara Bedaque

Alanis Morissette + Ani Difranco + Annie Lennox + Autour de Lucie + Azure Ray + B-52's + Babes in Toyland + Back Box Recorder + Bessie Smith + Beth Gibbons + Beth Hirsch + Beth Orton + Bikini Kill + Billie Holiday + Björk + Blondie + Bratmobile + Breeders + Buffalo Daughter + Cat Power + Chicks on Speed + Cindy Lauper + Cocteau Twins + Courtney Love + Death by Chocolate + Dirty Vegas + Dusty Springfield + Dusty Trails + Edith Piaf + Elastica + Electrelane + Exene Cervenka + Garbage + Girls in the Nose + Go-Go's + Grace Jones + Hole + Hope Sandoval + Indigo Girls + Inger Lore + International Noise Conspiracy + Janis Joplin + Jeanne Moreau + Julie London + Juliette Gréco + Kahimi Karie + k.d. lang + Kostars + Kristin Hersh + L7 + Ladytron + Lali Puna + Le Tigre + Leila + Linda Perry + Lisa Germano + Liz Phair + Luscious Jackson + Ma Rainey + Macy Gray + Madonna + Margo Guryan + Maria Callas + Marianne Faithfull + Marilyn Manson + Mazzy Star + Me'Shell NdegéOcello + Mia Doi Todd + Miho & Smokey + Missy Elliot + Neneh Cherry + Nico + Nina Hagen + Nina Simone + P. J. Harvey + Pandoras + Patti Smith + Peaches + Phranc + Pine AM + Pixies + Pizzicato Five + Pretenders + Princess Superstar + Rasputina + Rockbitch + Sarah Dougher + Sinéad O'Connor + Siouxsie and the Banshees + Skunk Anansie + Sleater-Kinney + Slumber Party + Sonic Youth + Stereo Total + Stereolab + Suzi Quatro + t.A.T.u. + Tanya Donelly + Tegan and Sara + The Butchies + The Cramps + The Donnas + The Geraldine Fibbers + The Gossip + The Plasmatics + The Runaways + The Slits + The White Stripes + Tina Turner + Tracy & The Plastics + Veruca Salt + Wendy & Lisa + Wendy O. Williams + X + Yeah Yeah Yeahs + Yo La Tengo + Yoko Ono

SOBRE A AUTORA

Vange Leonel nasceu na cidade de São Paulo no dia 4 de maio de 1963. Como cantora e compositora lançou três discos: *Nau* (CBS Discos, 1987), *Vange* (Sony Music, 1991) e *Vermelho* (Medusa Records, 1995). Alcançou os primeiros lugares nas paradas de sucesso em todo o Brasil com a música "Noite Preta" (parceria sua com a jornalista Cilmara Bedaque), tema de abertura da novela *Vamp*, da Rede Globo. Em 1992, recebeu o prêmio Sharp como cantora revelação no gênero pop-rock e, ao mesmo tempo, assumiu publicamente a sua homossexualidade. A partir de 1997, começou a escrever sobre lésbicas na revista *Sui Generis* e no site do MixBrasil (coluna Bolacha Ilustrada, dentro do e-zine CIO). Em 2000 estreou como autora teatral na peça *As sereias da Rive Gauche*. Em 2001, lançou o livro *Grrrls – garotas iradas* (Edições GLS), uma compilação de suas crônicas na *Sui Generis*. Desde 2001 assina, a cada quinze dias, a coluna GLS na *Revista da Folha*, encarte dominical da *Folha de S. Paulo*. Em 2002, lançou o livro *As sereias da Rive Gauche* (Editora Brasiliense), com o texto completo da peça homônima, e recebeu um prêmio pelo conjunto da obra, oferecido pela Associação da Parada do Orgulho GLBT.

e-mail: vangeleonel@uol.com.br
web: http://brmusic.com/vange/

IMPRESSO NA
sumago gráfica editorial ltda
rua itauna, 789   vila maria
02111-031   são paulo   sp
telefax 11 **6955 5636**
sumago@terra.com.br

FORMULÁRIO PARA CADASTRO

Para receber nosso catálogo de lançamentos em envelopes lacrados, opacos e discretos, preencha a ficha abaixo e envie para a caixa postal 62505, cep 01214-970, São Paulo-SP, ou passe-a pelo telefax (011) 3872-7476.

Nome: _____

Endereço: _____

Cidade: _____ Estado: _____

CEP: _____-_____Bairro: _____

Tels.: (___) _____ Fax: (___) _____

E-mail: _____ Profissão: _____

Você se considera: ☐ gay ☐ lésbica ☐ bissexual ☐ travesti ☐ transexual ☐ simpatizante ☐ outro/a: _____

Você gostaria que publicássemos livros sobre:
☐ Auto-ajuda ☐ Política/direitos humanos ☐ Viagens
☐ Biografias/relatos ☐ Psicologia
☐ Literatura ☐ Saúde
☐ Literatura erótica ☐ Religião/esoterismo
Outros:

Você já leu algum livro das Edições GLS? Qual? Quer dar a sua opinião?

Você gostaria de nos dar alguma sugestão?